ロシア文学うら話

笠間啓治 著

EURASIA LIBRARY

ユーラシア文庫
7

まえがき

今でもあるのかどうか、以前の大学の講義では、しばしば「脱線」と称するものがあった。教室内の雰囲気が時間の経過と共にだらけてきて、学生の注意力も散漫になったと思える頃、それまでの堅苦しい講義内容から一転して「脱線」をする。ちょっとした話題を挟む。こういう授業技法はどの講師の方々もそれぞれに工夫していた。案外それが講師の人気を左右するという皮肉な現象も起きたらしい。ヴェテランになると、その「コツ」に熟達し、時と場合に応じて巧みに利用していた。脱線の材料も豊富だった。筆者も四十年近く早稲田大学大学院でのロシア文学関係の講義や、学部でのロシア語の授業を担当してきたので、きちんとした授業に専念していたつもりだが、話をロシア文学に限っても、この種の「脱線」なるものの材料がいくつか堆積してしまった。これらは無責任な噂話や中傷かもしれない。確たる根拠もない与太話に過ぎぬと非難されても、あえて反駁はしない。

風の吹くままに筆者の耳に入ってきたにすぎぬと言い訳しよう。単なる風評であるかもしれない。全くの作り話かもしれない。浅学菲《ひ》才故の聞き違いかもしれない。しかし、本書を一読した後、もしロシア文学への興味を新たにしたという方があったとすれば、すぐに本書を忘れて、ロシア文学の数々の作品に取り組むことをお勧めしたい。たとえ日本語訳であっても、作品を直接読むことだけが唯一絶対のロシア文学への接近の正道であると強調したい。そして、いささかでもロシア文字を覚えたならば、ロシア詩人のただ一篇の詩句でよい、願わくばプーシキンであって欲しいが、声を出して繰返し繰返し朗読していただきたい。掌中の珠が肌の温もりによっていつしか輝き始め、忘れえぬ魅惑の光を発し、恍惚の香りが漂い出すであろう。その時は、本書にあるようなことは何の価値も意味もなくなる。そうすれば直ぐに本書をゴミ箱に捨ててもらいたい。焼き払ってもらいたい。

ロシア文学うら話

†詩人アンナ・アフマートワ（一八八九－一九六六）が死去したのは、三月五日、つまり、再三彼女を餓死の瀬戸際まで追い込んだスターリンの死去の日と、年は違えど、同じであった。

†ゴーゴリ（一八〇九－五二）も、ドストエフスキー（一八二一－八一）も、マヤコフスキー（一八九三－一九三〇）も、ショーロホフ（一九〇五－八四）も、巳年生まれだった。ピョートル大帝（一六七二－一七二五）も、スターリン（一八七九 －一九五三）も、巳年に没した。スターリンが没した三か月後に、ワレーリイ・ゲルギエフが生まれた。現在のマリインスキー劇場におけるゲルギエフの独裁ぶりに対し悪感情を抱く人たちは、ゲルギエフはスターリンの生まれかわりかもしれぬと秘かに噂する。ちなみに、ニコライ二世が退位宣言した一九一七年も、巳年であった。

†アレクサンドル・プーシキン（一七九九－一八三七）は、実は決闘で亡くなったのではなくて、ひそかに国外に逃れ、アレクサンドル・デュマと名を変えてフランス作家となった、

という俗説がある。共に名が「アレクサンドル」である点でも、プーシキンの墓には遺体が無いとの噂も重なって、プーシキン＝デュマ説はロシア中にひろまった。後年ロシア政府は、皇帝ニコライ一世の意向によって、デュマのロシア入国を拒否、長くデュマの著作の輸入・露訳刊行を禁止していた等々、いろいろな証拠なるものが取り沙汰されている。事実、プーシキンは幼き頃からフランス語を修得しており、その能力は抜群で、ロシア語能力よりも上であったと言われている。フランス語で書いた詩もいくつか残っているし、書簡も多くはフランス語で書いている。そして、彼が早くからもっとも親しんだ外国文学はフランス詩歌であった。

†プーシキンの小説『スペードの女王』（一八三四年）において、作者はゲールマンを発狂させ、リーザをハッピーエンドにしている。これに対して、チャイコフスキーのオペラ『スペードの女王』では、オペラは悲劇であるべきとの常道に従ってのことであろうか、ゲールマンを拳銃自殺させ、リーザを入水自殺させている。両者の懸隔は限りなく大きい。このオペラが大衆芸術の枠に入っている所以であろう。プーシキンがこの小説の裏にひそ

ませた精神世界への広大な展望を、チャイコフスキーはすべて削除、無視してしまった。

†スターリン時代には、詩人セルゲイ・エセーニン（一八九五－一九二五）の著作は発禁状態にあった。その名を口にすることさえ、憚られた。ある教師が授業中にエセーニンの名を出したために反革命的ということで逮捕されたケースもあったという。しかし、ソ連体制崩壊後は以上のことはすべて解禁され、現在ではエセーニンはプーシキンと並ぶ「偉大なる」詩人と呼ぶ愛好者も少なくない。

†ロシア文学で、もっとも女好きな詩人といえば、十九世紀ではプーシキン、二十世紀ではエセーニンということになっている。二十歳でペテルブルグの売春婦のすべてを征服したと豪語していたプーシキンに対して、エセーニンは愛人二千人と自慢していた。ロシアの男性が二人以上集まって、「あるときプーシキンが歩いていました」と語りだすとき、それは猥談の始まりを意味する。今後は、「エセーニンも一緒でした」ということになるかもしれない。

†詩人のイワン・ドミートリエフ（一七六〇－一八三七）はモスクワのアクサーコフ家の集まりにてゴーゴリに初めて出会い、この若い作家に強い印象を受けた。当時ドミートリエフは詩作（主に寓話詩）から離れて、政府要人（法務大臣）であったが、詩人や作家との交遊が続いていた。そういう中で、新しい世代のゴーゴリに対しては、その後も、特に注目し、「自分の好意のすべてでもって」若きゴーゴリを語っている。このドミートリエフは、自他ともに認めるホモセクスアリストであった。ゴーゴリも生涯一度も女性に接したことがないと伝記作者は想像している。

†プーシキンは『エヴゲニー・オネーギン』に挿絵を残し、自らこれに注釈を施して次のように書いている。「コクーシキン橋を渡って、岸壁にもたれ、プーシキンとオネーギンは立つ」。この挿絵は有名で、多くの著書に転載されている。だが、実はプーシキンのこの注釈には未発表の字句があることを指摘しておかねばならない。「尻を」という一語がそえられていたが、それを削除して印刷公表されている。多くの読者はそのような削除が

あることさえも知らされていない。この一語が、二人の人物の間のホモセクスアルな関係（男色）を暗示しているが故に、当局によって厳重に封印されたのであった。

†一九二五年十二月二十八日深夜、レニングラード（現ペテルブルグ）のホテル「アングレーテル」二階五号室において、詩人のセルゲイ・エセーニンが首を釣って自殺した。このときにエセーニンが用いたとされる紐が、最近になって（二〇〇九年）、コレクターの手を離れ、オークションに賭けられたという。落札額は九〇万ルーブルであった。一方、ホテル「アングレーテル」には、エセーニンの亡霊が夜ごと詩を朗詠しつつ歩き回るとの噂があるという。現在はこの部屋は改装されて二五二号室になっているが、一昨年（二〇一五年）、筆者はこの部屋に数日間宿泊したけれども、残念ながら、エセーニンの亡霊に出会うことはできなかった。

†トルストイ（一八二八―一九一〇）は三十四歳で結婚した。新婦のソーフィヤ・アンドレエヴナは十六歳年下の十八歳であった。以来四十年以上の結婚生活の中で十三人の子を儲

けた（内五人は夭《よう》死）。結婚式の当日、領地のヤースナヤ・ポリャーナにはトルストイの子を孕んだ農奴の娘が、出産間近であった。後世の人たちは言っている。ヤースナヤ・ポリャーナからモスクワまでの村々に、トルストイの隠し子二百人。

†プーシキンは十一歳で貴族学校《リツェー》に入学した。そして、友人に誘われてツァールスコエ・セローの売春婦の元を訪れ、童貞を失った。その後、十七歳で社交界に登場するや、プーシキンの放蕩は限りなく、ついに「ペテルブルグの売春婦のすべてを征服した」と豪語するまでになったが、つねに同伴したのが、リツェー同級のコンスタンチン・ダンザス（一八〇一―七〇）であった。ダンザスは、後年、プーシキンの運命の決闘の際には、介添人《セコンド》を勧め、瀕死のプーシキンを自宅まで運び、その最後に立ち会った。彼は終生独身であった。また、カソリックであったため、当初はペテルブルグ市内の墓地に葬られることはなかったが、革命後、アレクサンドル・ネフスキー大修道院の墓地に移葬された。今日、この墓地を訪れる観光客は多いが、ダンザスの墓碑の前に立ち止まる人はほとんどいない。

†作家のボリース・パステルナーク（一八九〇－一九六〇）は、『ドクトル・ジヴァゴ』を執筆中（一九四五－五五年）、書き進めながら出来上がった部分をすぐに近親者に読み聞かせ、タイプをしてコピーをとり、原稿は仮綴じにして、他人に譲っていた。そして、読みたい人は誰にでも読んでもらいたいと言っていた。ソ連体制の下では、この小説は絶対に出版刊行できないことを覚悟していたのであろう。このコピーの一つがひそかに外国に持ち出されて出版（一九五七年）、大評判となり、ついに一九五八年度のノーベル文学賞受賞となった。その頃、外国人がモスクワの空港から出国の際には、税関での荷物検査が異常に厳重になった。ときには、ノート類が没収されることもあった。筆者もシェレメチエヴォ空港より出国しようとした際、モスクワ滞在中の日本語で記した研究ノートの一つが、別室に持っていかれた。上司の検査を受けたものか、それともコピーしたのだろうか。また、ロシア人知己たちのアドレス帳は絶対に携帯していてはならないとの忠告を受けたものだった。

†一八二六年一月のフランス語版『ペテルブルグ雑誌』に、サリエーリ死去の記事が出た。

その頃、ウィーンではサリエーリによるモーツァルト毒殺説がすでに囁かれていたという。ロシアでも、一部のロシア人は最新ニュースとしてこの噂を耳にしていたと考えられ、プーシキンの小悲劇『モーツァルトとサリエーリ』（一八三〇年）の執筆の動機になったと考えてもよいだろう。少なくともプーシキンが初めて創出したストーリーではなかった。

†戦前のソ連では、友人と一緒にエセーニン詩集を読んでいた高校生が、逮捕され、強制労働七年の刑を受けたという。このような例は少なくなかったとも、一般の世間よりも強制収容所内でエセーニンが朗唱されることが多かったとも言われている。戦後、シベリヤ抑留の日本兵による和訳エセーニン詩集が、帰国事業が始まるとまもなく、我が国でいくつか現れ、本国ロシアでは見られぬ現象が出現した。

†作家イサアク・バーベリ（一八九四―一九四〇）は、秘密警察（ОГПУ《オーゲーペーウー》）長官ニコライ・エジョーフ（一八九五―一九四〇）の妻エヴゲーニヤ・ソロモノヴナ（一九〇四―三八）とただならぬ関係を結んでいた。二人は共にオデッサ生まれの幼馴染みであった。ユダヤ

人で、一九二五年頃すでに懇《ねんご》ろであったという。また、一九二八年にベルリンに出張中に再会し、親しくなったともいう。二人の関係は、バーベリが逮捕されるまで続いた。一九三九年、エジョーフが逮捕、処刑されたが、その直前に妻のエヴゲーニヤは自殺したという。一年後、一九四〇年四月二十七日、バーベリは銃殺された。彼は秘密警察の内情・裏面に関して余りにも奥深く詳しく知っていたのが仇になったとも言われている。ちなみに、エジョーフ長官はこれら二人の関係につき詳細なる報告を受けていたが、放置していた。彼はバイセクスアリストであった。

†作家のミハイル・ショーロホフ（一九〇五―八四）は秘密警察（ОГПУ《オーゲーペーウー》）長官ニコライ・エジョーフの妻エヴゲーニヤ・ソロモノヴナとの関係が続いていた。上京の度に定宿のホテル「ナツィオナーリ」にて逢瀬を重ねていた。その仔細をエジョーフは盗聴によって知っていた。スターリンもその報告を受けていた。エジョーフの妻エヴゲーニヤは、また作家のイサアク・バーベリとも関係があった。やがて、バーベリが逮捕、粛清され、消されたが、ショーロホフのほうは無事で天寿を全うすることができた。そこにはスターリ

ンの並々ならぬ寵愛があったという人もいるけれども、実はドン地方のヴョーシェンスカヤ村に隠棲した後もショーロホフの周囲の人たちは次々と消されていって、一九三八年にはショーロホフ逮捕の情報さえあった。わが身にスターリンの毒牙が迫っていることをショーロホフは実感していた。この危険を感じ取ったショーロホフは、独ソ戦開戦とともに、いち早く志願して前線に出て行き、愛国的レポーターに変身して、身の安全を図ったと考える人もいる。ちなみに、エヴゲーニヤ・ソロモノヴナは不美人であった。

†トルストイ作の童話『イワンの馬鹿』は、我が国ではもっぱら道徳的倫理的内容のお話と理解されているが、トルストイの立場になってみると、ロシアにおける十八世紀以来の薔薇十字思想に基づく黄金変成の思想を現代風に置き換えた寓話的再話とすることもできる。すでに、『戦争と平和』創作中にトルストイは十九世初めの薔薇十字系フリーメイソンの発掘に強い関心を持ち、その思想に影響されて「内なる教会」を主張し、正教会否定の主張につながっていったことを考慮すれば、『イワンの馬鹿』を簡単に読み流すことができなくなる。

†マヤコフスキーは梅毒にかかっていたとの俗説がある。彼に『梅毒』という表題の詩があることが、この俗説の根拠であったとも言われている。一九三〇年四月十四日、マヤコフスキーが自殺、検死解剖が終わった後、関係者からの申し出により、梅毒罹患の痕跡があるかどうかの追加解剖が行われ、結局、梅毒とは無縁との発表があった。こうして、遺体はドンスコイ火葬場の焼却炉で灰になってしまったが、かかる処置は一部の関係者による証拠隠滅工作だったとの噂となり、マヤコフスキー梅毒説はいまでも唱える人が少なくない。

†プーシキンは左利き левша《レフシャー》であった。そのほか、レフ・トルストイをはじめとして、ニコライ・レスコーフ、ウラジーミル・ダーリ、セルゲイ・プロコフィエフ、セルゲイ・ラフマニノフ、イワン・パヴロフ、ワシーリイ・カンジンスキー、マイヤ・プリセツカヤなど左利きの有名人は多い。レスコーフに『左利き』《Левша《レフシャー》》という作品があり、それを記念して銅像も立っている。現在《Левша》という題名の雑誌が出ているし、モスクワ郊外に《Левша》という名のスーパマーケットがあり、左利きの人たちを対象にしている。

また《Левша》（一九八六）という映画も作られた。プーチン大統領も実は左利きなのだが、巧みにそれを隠しているとの噂もある。世の中の十五パーセントは左利きとの説があり、八月十三日は国際左利きデーになっている。なお、ロシアには「レフシン」Левшин という姓があるが、その人が左利きであるかどうかには関係はない。蛇足ながら、有名な小銃発明者ミハイル・カラシニコフ（一九一九－二〇一三）も左利きであったと伝えられ、彼の発明したカラシニコフ銃は左右いずれが利き手の者も使用できるよう工夫されていること も、後に世界的に流布した原因だとされている。左利きと酒飲みとを結びつけるのは、もちろん、日本語の言葉遊びであって、ロシア人のウォッカ飲みを левша《レフシャー》（左利き）と呼ぶことはない。

†一九九五年、ゴーゴリの小説『鼻』の舞台になったペテルブルグのヴォスクレセンスキー通り三六番地の建物の壁面に、巨大な鼻の石像がすえつけられ、人々の好奇の視線を集めていた。ところが、数年後（二〇〇二年）、ある夜、何者かがこれを盗み出し、隠してしまった。百キロ以上の物をどうして運んだのか、ということも謎であった。小説のとおり

鼻が逃げ出したわけで、全都の話題になった。幸いにも一年後に発見され、無事元の位置に戻った。鼻というのは男性のペニスの象徴とも言われており、この付近はペテルブルグの下町で、ゴーゴリの当時はとくに売春宿が密集していた。欲望に耐え切れず鼻は逃走したのであろうと笑い話の種になったという。ちなみに、十八世紀中葉、エリザヴェータ・ペトロヴナ女帝の頃に、ロシア最初の売春専門店がこのあたりにドイツ人によって開設された。

†ドミートリイ・メレシコフスキー（一八六五―一九四一）は女流詩人のジナイーダ・ギッピウス（一八六九―一九四五）と結婚した。二人とも両性具有であったと言われている。ギッピウスは女性であったが、同時に男性器も持っていた。二人は結婚したが、実際にはギッピウスが男性の役を果たしていたという。ドミートリイ・フィロソーフォフ（一八七二―一九四〇）はホモセクスアリストのセルゲイ・ヂャギレフ（一八七二―一九二九）の相手であったが、一九〇五年、ギッピウスが引き取り、ペテルブルグのリテイヌイ通り二四番地の自分の住いにて同棲した。夫のメレシコフスキーも一緒だった。一九一二年にはチャイ

コフスキー通り八七番地に移った。そして、革命後（一九一九年）、三人一緒にソ連を捨て、亡命した。

†プーシキンの叙事詩『青銅の騎士』の原稿の中に、「ブロンズの馬に乗った銅の騎手」という部分の「ブロンズの」が消してある。そのため、日本語訳で「青銅の」としているは「銅の」なる訳語を当てるべきだとする論議が起こったことがあった。さらに、ロシア語で **всадник** の部分を「騎士」と訳すのは、きわめて不自然、誤訳だ、とする主張も出た。したがって、原題を忠実に訳すならば、「銅の騎手」あるいは「銅製の馬上の人」ということになるだろうか。ここの馬上の人とは、無名の騎士などではなく、ピョートル大帝であるから、あきらかに「騎士」とするわけにはいかない。ところが、どうしたことか、『青銅の騎士』という日本語訳がすっかり定着してしまっている。かつて『青銅の騎手』という題名の翻訳もあったが、普及しなかった。騎手とは、わが国では、もっぱら競馬界の職業を指すからであろうか。ちなみに、現在の観光案内では「青銅の騎士」とするのが一般的だが、もともとこの銅像にかような名前を付したのは、プーシキンの叙事詩であっ

て、創建（一七八一年）以来、現在に至るまで「ピョートル大帝像」が公式の名称である。現在、ペテルブルグ市当局は、この「青銅の騎士」像を商標登録しており、無断でその画像を商業目的に用いることはできない。

†一八五二年二月二十四日、ゴーゴリの遺体はモスクワのダニーロフ修道院に埋葬された。ところが、革命後、この修道院は閉鎖され、遺体のみノヴォデヴィチー修道院の墓地に移し再埋葬した。墓碑も新しくして、「ソ連政府より」と記し、上にゴーゴリの胸像を据えた。元の墓碑は廃棄され、行方不明となっていた。戦後、作家のミハイル・ブルガーコフ（一八九一－一九四〇）が亡くなり、未亡人が墓石の材料を求めてモスクワ各所を訪ね歩いていたとき、まったく偶然にも、あの元のゴーゴリの墓石を発見、これを利用してブルガーコフの墓碑を作った。現在、ブルガーコフのこの墓碑はノヴォデヴィチー修道院の墓地に、ゴーゴリの墓碑の背後に、据えられている。

†トルストイの小説『戦争と平和』において（第一編二十二）ボルコンスキー公爵家の令嬢

マリーヤの手元へ、ドイツ神秘主義者カール・フォン・エッカルツハウゼン（一七五二―一八〇三）の露訳『自然の神秘を解く鍵』が送られてくる。これは一八〇五年に露訳刊行されたばかりの哲学書であるが、当時のロシアのフリーメイソンにとって必読書とされ、インテリゲンチヤの間で大いにもてはやされていた。かつて薔薇十字系フリーメイソンであったボルコンスキー老公爵が娘のマリーヤに命じてわざわざ取り寄せたと考えられる。ゴーゴリの『死せる魂』で、田舎の郵便局長がこの書を読んでは、メモを取っているし、シチェドリーンの小説『僻地の旧習』でも、地主貴族の蔵書の中にこのエッカルツハウゼンの『自然の神秘を解く鍵』があったと特記していることを知れば、ロシアでのこの訳書の流布の大きさが理解できよう。ちなみに二十一世紀の今日でも、この『自然の神秘を解く鍵』その他エッカルツハウゼンの諸著作は、再三露訳刊行され続けている。わが国では和訳されていない。

†一九三九年六月、詩人マリーナ・ツヴェターエワ（一八九二―一九四一）がパリよりモスクワに戻ってきた。そして、ボリース・パステルナークに再会、彼女は熱烈な求愛の手紙

を送った。だが、パステルナークはツヴェタエワの求愛に答えようとはしなかった。彼は終生この事実を話したがらなかったという。

†プーシキンの叙事詩『エヴゲニー・オネーギン』は、次の一行から始まっている。

Мой дядя самых честных правил...

これまでわが国では多くの訳者によって日本語訳が試みられてきたが、冒頭のこの一行は、主な例を引用すると、次のようになっている。「うちの叔父貴は恐ろしく四角四面の男だが」（米川正夫訳、一九二五年）。「一にも掟、二にも掟、うちの叔父貴は」（中山省三郎訳、一八三六年）。「わたしの叔父はこの上なしの律義者だ」（金子幸彦訳、一九六二年）。「ぼくの叔父さんはいっぱしの律義者だ」（木村浩訳、一九七〇年）。「叔父貴はあっぱれ律義者」（木村彰一訳、一九七二年）。この部分が、フリーメイソンのシンボル、正三角形と正方形を暗示していることを知らねばならない。すなわち、当時のフリーメイソン結社にあっては、個人名のイニシャルの上に正三角形を示す三つの点を打ち、支部名のイニシャルの上に正方形を示す四つの点を添える習慣があった。こういう習慣に基づいて、英語では、Are you on the Square? という表現が生まれたという。これは、「あなたはフリーメイソンですか」という意味である。したがって、プーシキンの『エヴゲニー・オネーギン』の冒頭の一行を意訳するとすれば、「叔父はフリーメイソンで……」いうことになる。事実、プーシキンの父も叔父も、そしてプーシキン自身もフリーメイソンであった。

†プーシキンとの決闘の相手ダンテスは亡命フランス人だとの誤解が一部で行われている。事実そのような記述をしている解説もある。けれども十九世紀三〇年代になると、フランス国内でも、国際情勢の点でも、前世紀末のフランス革命後とは大きく変化しており、ナポレオン没落後、王政復古の時期になっていた。したがって、ダンテスがフランスからロシアにやって来たのは、亡命ではなくて、実入りのよい職・地位・収入をロシア帝国に求めてであったことを強調しておかねばならない。有能な人材がヨーロッパ各地からロシアへ流入するという現象が普通に見られた。事実ダンテスもニコライ一世治下のロシアにて登用されて厚遇を受けていた。事件後、ダンテスはロシアを離れ、母国フランスに戻り、それなりの地位を得て、地方名士として天寿をまっとうした。

†プーシキンと夫人ナターリヤ・ニコラエヴナとの間には、一男三女があった。三女のナターリヤ・アレクサンドロヴナは一八三六年五月二十三日に生まれた。父プーシキンが没したときには、彼女はいまだ生後七か月ばかりであった。当時、噂があって、この赤ん坊はプーシキンと夫人との間の子ではなくて、皇帝ニコライ一世との間に生まれた不義の子ではないかと囁かれていたという。この子は長じて、夫人に似てひじょうな美貌であった。父親プーシキンの面影は乏しく、しかもかなり長身だった。プーシキンは一六〇センチ足らず、夫人は一七五センチ、ニコライ一世は一八〇センチであった。後年、トルストイはトゥーラにて舞踏会があったとき、彼女を見かけて、強い印象を受けた。そのときの印象が基となって、小説『アンナ・カレーニナ』のヒロインの造型をしたとされている。ちなみに、トルストイは一八〇センチ近い長身であった。

†かつて詩人セルゲイ・エセーニンの妻であったジナイーダ・ライヒ（一八九四－一九三九）は、エセーニンと別れた後、フセヴォロド・メイエルホリド（一八七四－一九四〇）と再婚した。一九三九年七月十四日深夜、彼女は何者かによって自宅にて惨殺された。スターリ

ンの直接の指示によるものとされている。その二十四日後に夫のメイエルホリドは逮捕され、一九四〇年二月二日、スパイ容疑で銃殺された。ライヒも、メイエルホリドも、モスクワのヴォルコヴォ墓地にエセーニンと隣り合わせで眠っていることになっているが、ここにはメイエルホリドの遺体はない。彼は処刑後、ドンスコエ墓地の火葬場で焼かれ、その遺骨は大勢の犠牲者とともに、捨てられ、埋められてしまった。

†自殺した詩人ヴラジーミル・マヤコフスキーの葬儀が終わった翌日（一九三〇年四月十八日）、ミハイル・ブルガーコフのところへスターリンから電話がかかってきた。その話の中で、ブルガーコフがモスクワ芸術座で働きたく願書を出したが拒否されたと話したところ、スターリンは善処しようと答えた。やがて（五月十日）ブルガーコフは第一モスクワ芸術座の演出助手として採用された。その頃、モスクワ芸術座の経営にあたっているヴラジーミル・ネミローヴィチ＝ダンチェンコの秘書だったオーリガ・ボシャンスカヤ（一八九一－一九四八）が実質的にモスクワ芸術座を取り仕切っていた。彼女はスターリンの愛人の一人であったと言われている。そして、一九三二年一月、今まで上演禁止であったブル

ガーコフの戯曲『トゥルビーン家の日々』がモスクワ芸術座にて再演された。この芝居はスターリンが最も愛し執着した演目であった。

†作家のアレクセイ・トルストイ（一八八二―一九四五）は、「三番目のトルストイ」とか、「赤い伯爵」と呼ばれていた。父がニコライ・トルストイ伯爵（一八四九―一九〇〇）であったからである。だが、彼は伯爵の実の子ではなく、母アレクサンドラ・レオンチエヴナ（一八五四―一九〇六）が愛人のアンドレイ・ボストロムという家庭教師と通じて身籠ったのが彼で、その後、児童文学作家だった母はこの子を連れて愛人の元に走り、アレクセイ・ニコラエヴィチもこの実父の下で育った（サマーラ郊外のその家は現在アレクセイ・トルストイ記念館となっている）。しかし、ニコライ・トルストイ伯爵はこの事実がスキャンダルになるのを恐れて、彼を認知したので、アレクセイ・ニコラエヴィチはトルストイ伯爵を名乗った。

†プーシキンの蔵書の中で、もっとも古いものは一五九六年パリにて刊行のダンテ『神曲』

仏訳であった。プーシキンは一八二九年のカフカース旅行の際にもこれを持参していた。彼は周囲の影響もあり、イタリヤ語を読むことができた。『神曲』も原語で読んでいた。プーシキン用語辞典を見ると、プーシキンがもっとも数多く言及している古典は、ダンテであった。

†十九世紀から二十世紀にかけての最も注目すべき文芸思想評論家の一人にワシーリイ・ローザノフ（一八五六―一九一九）がいる。その数多くの著作はソビエト時代には禁書になっており、一部の研究者を除いて、ほとんど注目されずにいた。だが、ソ連体制崩壊後は、その反動か、ロシア出版界で最も注目すべき著作とされ、頻繁に復刊されるようになった。そういった彼の著作の中でいまなお半ば無視のままになっているのが、『月光の人々』である。これは一九〇九年の雑誌『ベスィ』に発表され、一九一一年に単行本として刊行されたが、一九一三年、重版するにあたり、ワシーリイ・ローザノフはかなりの増補をおこなった。その中で、キリストはホモセクスアリストと断じ、キリスト教の聖者の多くがホモセクスアリストの追従者だとした。このような点が正教会の怒りを買い、ワシーリイ・

ローザノフは破門となった。しかし、彼はホモセクスアリストではなく、そうした人たちの本性と社会的現象とに、きわめて沈着冷静な視点から発言したに過ぎなかった。

†プーシキンは三度淋病に罹っていた、とナボコフは言っている。その上、痔疾にも悩んでいたという。そういった病気の気分が彼の詩句にいろいろな形で反映しているとの見解もある。モスクワのトヴェルスカヤ通りにそびえるプーシキン像は、片手で尻を押さえて、沈鬱な表情でうつむいているが、上のような事情によるものと心ない噂をする人もいる。

†トゥルゲーネフ（一八一八―一八八三）は犬も猫も大嫌いであった。それは動物恐怖症といえるほどであった。散歩のときには、銃を離さなかったが、動物を近付けさせぬためだったという。したがって、初版の『猟人日記』の挿絵には、猟犬を連れた姿ではなく、銃を持っただけの狩猟姿のトゥルゲーネフひとりだけが立っている。ところが、後世の『猟人日記』では、猟犬と親しくしている著者の姿を描き、人々に大いなる誤解を与えている。

†プーシキンの小悲劇『モーツァルトとサリエーリ』は嫉妬の悲劇との解釈が定着している。だが、それは単なる男性同士の嫉妬ではなく、フリーメイソン結社内部での会員同士のホモセクスアリズムの関係をテーマにしているとも言える。こういった指摘は、ながらく禁句であった。なお、モーツァルトもサリエーリもプーシキンもフリーメイソンであった。

†ペテルブルグを「ヨーロッパへの窓」とする表現は、この街の定義としてすっかり定着しているが、またプーシキンによる創作との誤解もまた定着している。だが、プーシキン自身、叙事詩『青銅の騎士』にて注釈しているように、イタリヤの作家フランチェスコ・アルガロッティ（一七一二―六四）のロシア訪問記（一七三〇年）の中で、「ロシアがヨーロッパを見る窓」とペテルブルグを規定しているのに起因するという。つまりピョートル大帝がペテルブルグを創建するにあたり、この都市を「ヨーロッパへ出て行く窓」だとは思っていなかったし、そういう自覚もなかった。「ヨーロッパへの窓」という規定は、外国から見た場合のペテルブルグに対する外国からの客観的評価であった。ピョートル大帝としては、ヨーロッパの文物をロシアへ取り入れる窓口が、このペテルブルグだとしていた。

ちなみに、ロシア語で、通りに面した二階以上の窓のことを「通りへの窓」といった表現をするが、そこから出入りするわけではない。

†作曲家セルゲイ・タネーエフ（一八五六−一九一五）はトルストイ邸に出入りしているうちに、トルストイ夫人ソーフィヤ・アンドレエヴナが彼に恋するようになり、その後もお互い熱い思いを抱き続けていたと言われている。夫のトルストイはこの事実を知った結果、小説『クロイツェル・ソナタ』が生まれた。夫人とタネーエフとの間の関係は、実際にはどうであったのか、トルストイ伝記研究者の多くは、二人はたんに精神的に惹かれあっていただけで清い仲だったと言う。これは後世の作り事だと擁護する人さえある。しかし、反対に、二人は秘かに通じあっていたとの推察を主張する人もいる。トルストイはこれ以後、夫人との同衾《どうきん》を斥けていたとも言われているが、トルストイ自身はモスクワ市内の売春婦によって性欲を満足させていたとする考えもある。

†トゥルゲーネフ『猟人日記』を読んだことが、皇帝アレクサンドル二世をして農奴制廃

止を決断させた、と多くの人たちは思っていた。そして、トゥルゲーネフ自身の若い頃からの言動によっても、彼は農奴解放論者と見られていた。一八五〇年、母が没してスパースコエ村の領地を継承したとき、周囲の人たちはトゥルゲーネフが直ちに農奴を解放し、農地も分与するものと予想していた。だが、トゥルゲーネフは、異父兄にほんの一部を分け与えたのみで、大半の農地の所有を続け、農奴たちの身分もそのまま維持した。領地の管理を従弟に委託して、そこから得られる収入によって外国生活を続けた。そして、一八六一年の農奴解放令に際しても、それによって自分の収入が減少することばかりを心配していたという。彼は本性的に夢と現実とを切りはなすことのできる常識人であった。行動を本能的に恐れるルージン的な人間であったといった批判の声が、後世の読者から聞かれるようになったのも偶然ではない。

†ゴーゴリには虚言癖があった。母親への数々の手紙は誇張と作為と空想と虚言で満ちていることは、研究者ならずとも、ゴーゴリ愛好者なら熟知の事実であろう。ゴーゴリの誕生日が四月一日、エイプリルフールの日であったのは、まったく偶然とはいえ、まことに

巧みな天の配剤と言うべきであろう。

†詩人マヤコフスキーが一九三〇年四月十四日に自殺した。この日はロシアの旧暦では四月一日であったので、自殺の報を聞いた友人たちはたんなるエイプリルフールだろうと思って、一笑に付したという。それほどにマヤコフスキーの自殺は当時の人たちには唐突であった。

†ソビエト体制崩壊の後、いまだ物情騒然たる頃、一九九三年十二月二十一日深夜、モスクワのニコラエフスキー通り十七番地のレストラン「スラヴャンスキー・バザール」から出火、建物の内部がすっかり焼失した。レストランは廃業。もっとも、その後、ボリシャヤ・オルドィンカ通り二十番地、トレチヤコフ美術館の近くに、同名の店が開かれ、現在に至っている。「スラヴャンスキー・バザール」なる名称は、また、十九世紀ロシア文化の中で不可欠なものになっている。コンスタンチン・スタニスラフスキー（一八六三―一九三八）とヴラジーミル・ネミロヴィチ＝ダンチェンコ（一八五八―一九四三）がここで会談、

新しいリアリズム演劇を目指して後のモスクワ芸術座創立となった話は有名だし、チェーホフもたびたびこのホテルを利用し、『犬を連れた奥さん』でも、この「スラヴャンスキー・バザール」が重要な舞台になっている。主人公のグーロフがモスクワに帰った後、彼を追って女が上京し、二人がひそかに逢引するのがこの「スラヴャンスキー・バザール」で、ここの一室で二人は行く先を思い悩むことになっている。創業以来、ここはホテルであり、レストランを兼ねていたが、レストランの個室から誰にも悟られずに直接自室に赴くことができるような構造になっていて、各種の女性を伴って利用する上流階級の人たちに重宝されていたと伝えられる。リージヤ・アヴィーロワ（一八六四―一九四三）の自伝によると、彼女がチェーホフとこの「スラヴャンスキー・バザール」にて逢引する約束をしていて、やってきたところ、チェーホフは前夜に大喀血して病院に収容されたと聞き、大いに驚いたが、それが二人の関係の最後であったという。革命後はここのホテル部門は閉鎖され、党・政府関係者の住居となっていたが、一九六六年以降、一階と二階だけがレストランとして営業していた。

†トルストイの小説『戦争と平和』を読み進めていくと、時として奇妙な矛盾に出会うことがある。最初のところで、一八〇五年八月にはナターシャは十三歳の名の日の祝いをしているが、翌一八〇六年にはナターシャはもう十五歳になっていて、一年で二歳も年を取っている。さらに、一八〇九年になると、本来は十七歳でなければならぬのに、十六歳となっている。

†明治期におけるトルストイ受容の特徴は、すでに多くの比較文学関係の研究者が明らかにしているように、もっぱら宗教家・思想家としての側面に重心をおき、そういった視点からトルストイの諸作品を論ずることに偏していたと言ってもよいかもしれない。現在から見れば不思議なことであるが、『戦争と平和』が、たとい重訳であっても、わが国の一般読者層に紹介されるようなことがなかったし、そのことを指摘する批評家もいなかった。ただ戦闘場面の若干が、たとえば森鷗外によって紹介されるにすぎなかった。もちろん教養豊かな人士は、英語訳によって、『戦争と平和』のすべてを読了していたかもしれないが、この大作を正面から取り上げてトルストイ文学を論じようとする例は皆無であった。

こういった傾向は、大正期に入って、たとえば白樺派の例に見られるように、中期以後の人生論の師としてトルストイ像を組み立てて理想化することに専念する、以上のように総括的に言うことができるかもしれない。また、白樺派の人たちも『戦争と平和』に言及することはほとんどなかった。こういった趨勢に一矢を報いたのが、大正四年（一九一五年）刊行の島村抱月訳（英訳からの重訳）であろう。これは春秋社版トルストイ全集に収録されて、一般読者の前に提示されたのだが、そのあまりの長編に恐れをなしたのか、世界観・人生観を延々と述べるトルストイの弁舌に辟易《へきえき》してか、全巻を読み通すのを忌避する読者も多かったようである。そして、大正十四年（一九二五年）には、昇曙夢や米川正夫によるロシア語からの本格的な翻訳『戦争と平和』の刊行は、我が国にとって、まことに画期的な仕事であったことを知っておくべきであろう。

†東京の昭和女子大学の創始者である人見圓吉（一八八三－一九七四）が、一九二〇年、トルストイの教育思想ないし人生観に大いに共鳴して、トルストイズムを基礎に置いた女子教育の学校を創設した。この理想を凝縮した「愛と理解と調和」なる言葉でもって建学の

精神とした。大正期から昭和期初めにかけて、わが国ではトルストイズムが一種の流行化し、付け焼刃風のトルストイズム具体化の試みはいずれも例外なく腰砕けになり、霧消してしまった。そんな中にあって、人見圓吉の実践のみが、いささかの揺れもなく、現在見るような見事な花を咲かせ続けている。構内に据えられたトルストイの銅像は、人見圓吉の提唱する「愛と理解と調和」とまことに巧みなハーモニーを醸成している。しかし、よく知られるこのスローガンは、トルストイ自身の口から出たものではなく、人見圓吉が数々の実践の中で、トルストイズムの真髄を咀嚼《そしゃく》、肉体化した結果、この人が自らの言葉にて表現したものであった。

†二〇〇七年四月、モスクワのプーシキン美術館にてモジリアーニ展が開催された。そこには、一般に広く人気のあるジャンヌ・エビュテルヌの肖像画の他に、わが国のモジリアーニ愛好者にはおそらく未知と思われる数多くの人物肖像画や裸婦像が展示された。なかでも二十世紀ロシア詩人の代表者アンナ・アフマートワの裸体を描いた素描画二点が、来場者の目を引いた。アフマートワの回想によると、自分を描いた絵画をモジリアーニから

十七点もらったが、革命の際に一点を除いてすべて散逸したということだが、ソ連体制崩壊後、あるコレクターの手元にあったモジリアーニ作アフマートワ肖像画十点が発見された。わが国ではアメデオ・モジリアーニ（一八八四－一九二〇）はとくに人気のあるフランス画家の一人で、たびたびモジリアーニ展が開催され、多くの観客を集めているし、この画家の伝記もいくつか刊行されている。そこではもっぱらこの画家の最後の愛人ジャンヌ・エビュテルヌの姿のみが大きく描き出され、モジリアーニとジャンヌとの純愛物語が映画化されたりして、わが国の愛好者はジャンヌ以外の愛の対象には目を向けようともしない。しかし、ロシアでは少々事情が異なっていて、むしろまったく無名の頃のモジリアーニと若き日のアンナ・アフマートワとのパリでの愛の交流が注目を集めている。そのことが後のアフマートワの詩作にどのように反映しているのかもいろいろと論議されている。革命前の一九一〇年、アフマートワとニコライ・グミリョーフ（一八八六－一九二一）とが新婚旅行でパリを訪れたとき、若い二人は口論となり，とうとう夫は母国に帰ってしまう。独り異国に取り残された二十歳のアンナ・アフマートワは、パリの街を彷徨《さまよ》っていたとき、酔いつぶれたモジリアーニに出会う。こうして二人は同棲を始めた。アフマートワの裸体をモデルにモジリアーニは次々と作品を描くことによって、愛を確かめあう。やがてアフマートワはロシアに帰ってゆき、夫グミリョーフと縒《よ》りを戻し、結婚生活を再開する。モジリアーニのほうは、イギリス女性ベアトリスやシモーヌ・ティロといった女性遍歴を経た後、ジャンヌ・エビュテルヌと同棲し、彼女をモデルにあの数々の肖像画を書き残し、一九一七年三月、病没する。

†カザフスタンに「タチヤーナ」という名の美容院があるという。プーシキンの『エヴゲニー・オネーギン』のヒロイン、タチヤーナは、ロシア人にとって永遠の理想の美の象徴であるといっても過言ではない。とりわけドストエフスキーの有名なプーシキン演説によって、タチヤーナとはかかる女性だとロシア人の心の中に深く刻み込まれた。しかし、プーシキンの原作は、タチヤーナが美貌の持ち主であるとは一言も言ってはいない。タチヤーナを永遠の美女に仕立てたのは、ドストエフスキーであり、それに乗っかったチャイコフスキーのオペラであった。そこではやはりタチヤーナが外見上の美貌だけではなく、その内面的な輝き、精神的な永遠性が示されているのだが、ロシアの現代女性にとっては、

むしろ外貌のほうが重要であるらしく、ほとんどの女性はタチヤーナ＝美人説を断定的に主張する。ちなみに、タチヤーナが結婚した公爵というのは若い将軍であった。対ナポレオン戦争当時は、文官としての官位に応じて軍の階級が対応しており、高位の大貴族には将軍の位が無条件で与えられた。したがって、タチヤーナが結婚した将軍が若い青年貴族であっても不思議ではない。ところが、チャイコフスキーがこの作品をオペラ化するに際して、タチヤーナの結婚相手を老将軍と設定し、しかもこの老将軍に悲壮なアリアを歌わせている。大衆芸術の典型的な手法であって、以来、ロシアに限らず、全世界がチャイコフスキーに従って、美貌の乙女が年齢の離れた老人の元に嫁いだと誤解している。

†かつてプーシキン短身説というのがあった。一五五センチほどで、友人に囲まれるとプーシキンの姿が見えなくなると言われたものだったが、プーシキン生存中のある画家の証言では、一六五センチ以上だとしている。長身ではないにしても、平均的な身長のロシア人であったという。このため、プーシキンの身長をめぐっては、今日でも論議が続いていて、確たる結論はいまだ出ていない。一説には、プーシキンはいつも底の高いハイヒール

の靴を履いていたというが、今では確かめようもない。プーシキン短身説が出てきた理由の一つに夫人ナターリヤ・ニコラエヴナの際立った長身があった。一七五センチ以上の、当時の女性としてはかなりの長身で、背の高い美人として評判であったという。チビのプーシキンとノッポの美女との組み合わせは、何よりのゴシップの種となったであろう。プーシキンの生前には数々の肖像画が描かれているが、夫妻が並んで立つ姿を描いたものは皆無であった。そもそも当時にあっては、そのような絵柄は馴染みがなかったが、それ以上にノミの夫婦の姿を強調することは、タブーであったのか。プーシキン没後二〇〇年が経過した頃、モスクワのアルバート通りにプーシキン夫妻像が建立された。そこでは、プーシキンは立ち、夫人は座っている。

†ゴーゴリの小説『狂人日記』では、主人公の狂人がネフスキー通りで見かけた街の女を追いかけてきて、いろいろ独白する物語だが、これはまた、中世イタリヤでも囃《はや》されていた去勢歌手を寓していているとの説がある。各地の宮廷を巡って歓迎され、とりわけスペインではそうであったという。女装して、多くはホモセクスアリズムの対象であったとも言

われている。ゴーゴリは狂人の呟きの中にかかる異常な世界を現出せんとしていたと考えられる。同時に、自分自身をかような空想の世界に置こうとしていたのかもしれない。「マドリッドにて、二月三十日」の一節は恣意的な挿入ではないことを知るべきであろう。二十八日でも、二十九日でもなく、三十日になっていることの意味を把握しておくべきであろう。つまり、2×3×5＝30であって、最初の三つの素数より成立している。そしてまたここには23が潜んでいることを知らねばならない。23×3＝69　この69が同性間の性行為の一形態を示している。最近ではヴラジーミル・ソローキンがこの23を中心に据えた作品『２３０００』を発表している。

†トゥルゲーネフは小説『貴族の巣』を、一八五七年十二月、ローマにて書き始め、西欧諸国を旅行しながら書き続けていった。つまり、もっとも典型的な田舎貴族たちがロシアの風景の中で、それに融け込んで暮らしている生態を、ロシアからもっとも離れた遠い異国の都市において構想し、書き始め書き続けていったのだった。そして翌一八五八年六月になって、ようやくロシアに戻り、自分の領地スパースコエにて、小説そのままの風景と

日常の中で、十月二十七日、『貴族の巣』を完成させた。ところが、刊行された『貴族の巣』を一読して、作家のゴンチャロ−フは激怒した。以前、彼は小説『断崖』を執筆中、全体の構想を友人のトゥルゲーネフに語っていた。そのため、トゥルゲーネフの『貴族の巣』を読んで、ゴンチャローフは自分の構想をトゥルゲーネフにそっくり盗まれたと判断し、愕然となり、直接面罵したという。たしかにこの二つの小説はほとんど同じシチュエーションとモチーフが扱われていて、一方に剽窃《ひょうせつ》の疑惑を被せられたとしても不思議ではなかった。こうして、二人は和解することなく、二度と顔を合わせることもなかった。

†世界の文学作品の中で、もっとも数多く映画化されたのは、シェイクスピアで七六八回、第二位はディッケンズとチェーホフで二八七回だという。

†タガンローグのチェーホフの生家は、現在チェーホフ記念館になっているが、そこに桜の木を植えて、桜の園を再現する計画があるという。チェーホフの小説『曠野』(一八八八年)の中で、墓地に桜の木が植えられており、春になると白い花が一面に咲いて、十字架

と花とが重なり合う様子を空想している。チェーホフの母親は、チェーホフより遅れて、一九一九年にヤルタにて没し、ヤルタに葬られたが、その墓碑の傍らにも桜の木が植えられているという。桜の木は南露では墓地に植えられることが多いとされる。そういえば、北露に近いモスクワやペテルブルグの墓地では桜の花は見られないようである。

†ゴーゴリの頭蓋骨を盗み出したのは誰か。その犯人探しが官憲によって秘かに行われたというが、結局、分からずじまいになったとされている。だが、巷間伝えられている噂によると、当時有数の富豪でコレクターであったアレクセイ・バフルゥーシン（一八六五－一九二九）が犯人だという。一九〇九年、ゴーゴリ生誕一〇〇年を記念してダニーロフ修道院ではゴーゴリの墓の修復をおこなった。その際に、バフルゥーシンがゴーゴリの頭蓋骨を盗み出させて、秘かに隠匿、自分のコレクションにしたというのである。たしかに、バフルゥーシンは有名なコレクターで種々の珍品を数多く蒐集、貯蔵していた。彼のコレクションは、革命後、国有化され、その一部がバフルゥーシン博物館にて見ることができる。その収蔵品の中には人間の頭蓋骨が三個あるという。はたしてその一つがゴーゴリの頭骸

骨なのであろうか。それともかかる頭蓋骨のコレクションが基になってバフルゥーゥシン犯人説が出てきたのか。いずれにせよ、ゴーゴリ研究者たちはかかる臆説・暴説を一笑に付して、真相究明に動き出そうとはしない。かつてソビエト体制の下では、触れてならないタブーであったし、頭蓋骨追跡という卑俗な仕事は、アカデミックな研究の枠外であった。

†トルストイ『戦争と平和』第二部は、ピエールが思わずナターシャへの自分の思いを告白して戻る途中、アルバート広場に出ると、天高く彗星が輝き、人々の不安とは反対に、ピエールは充実した幸福感に涙を流す感動的な場面で終わっている。これは一八一二年のこととなっているが、実はこの時期、モスクワではすでに彗星は消えていたことを指摘しなければならない。記録によれば、この彗星は、前年一八一一年八月頃に目視できるようになり、九月に最接近し、十月にはもっとも明るくなったという。そして、翌年の一月にはロシアではほとんど見えなくなっていて、小説にあるような厳冬のモスクワのプレチステンスキー並木通り上空高くに輝いているということは、ありえぬことであった。この彗星は「一八一一年の彗星」と呼ばれ、アンデルセンの自伝でも六歳のときの出来事として

特記されている。人々の間に広がった噂ではやがて地球と衝突するとの不気味な予言があったといい、人心は大いに動揺したと伝えられる。だが、この彗星の下で育ったワインは特に美味で、「一八一一年のワイン」としてその後は珍重され、プーシキンも『エヴゲニー・オネーギン』の中で特記している。二十世紀に入り、一九四〇年にも彗星が現れ、しかも、モスクワとしては甚だ珍しい地震も起こり、戦争接近の予感を噂しあったという。

†チェーホフは、一八九二年、モスクワの東約五五キロのメーリホヴォ村に領地を買い求め、母や妹と共に移り住み、七年近くをここで暮らした。チェーホフに宛てて各地から次々と届く手紙を処理するため、わざわざ郵便局が設置された。チェーホフはもっぱらこの郵便局にて切手を買うことにしていたという。やがて、各地から届く手紙に貼ってある各種の切手を集めるのが、チェーホフのホビーになった。一九八七年、チェーホフの命日（七月十五日）を期して、ここに「チェーホフの手紙」博物館が開設された。ちなみに、現在チェーホフ全集に収録されているチェーホフの手紙は約四〇〇〇通であるが、その他に約二〇〇〇通が、妹のマリーヤ・パヴロヴナによって検閲され、不都合な内容のものは隠

匿、あるいは破棄されたと伝えられる。また、公開された書簡にしても、チェーホフや一家にとって不名誉と思われる部分は、妹マリーヤが消去したとされている。完全なるチェーホフ全集の刊行が待たれる所以である。

†一九三九年十二月二十一日は、スターリン六十歳の誕生日であった。ソ連共産党機関紙『プラウダ』にミハイル・ショーロホフの論文『率直な言葉にて』が掲載された。その中で、ショーロホフはこう書いた。「三年前にスターリンから頂いたブランディ（ロシア語ではコニャック）の瓶をいまでも大切に保存しているが、小説『静かなるドン』第四部を正にいま完成しようとしている現在、これを記念してスターリンの誕生日に、この瓶を開けることにする」。しかし、実はショーロホフの『静かなるドン』第四部はすでにその二年前に書き上げていた。ソビエトの作家にはこのような処世術が必要であった。

†ミハイル・ゲルシェンゾン（一八六九―一九二五）といえば、二十世紀初頭のロシア・シンボリズム文芸批評家として知られているが、同時にプーシキン研究者としても数々のプ

ーシキン関係の彼の論文著書を発表しており、いまなおその意義は褪せてはいない。いわばこの方面の学徒の必読文献となっている。とりわけ一九一九年、革命直後の物的困窮の中で刊行された論文集『プーシキンの叡智』はその後も再三刊行され、彼の代表作となっている。この『プーシキンの叡智』は、かねてから多くの人によって刊行が待たれていたのだが、おりからの世界大戦、帝政転覆、ボルシェヴィキ革命といった社会的動乱によって延び延びになっていた。ようやく一九一九年になって刊行発売された。ゲルシェンゾンが何人かの友人にこの新著をあらかじめ贈呈してあった。書店にて発売という当日の早朝、友人の一人からゲルシェンゾンのところに電話がかかり、著書の冒頭論文『プーシキンの聖板』に引用されている詩句は、プーシキン作としているが、ワシーリイ・ジュコフスキー作のはずだが、と言う。ゲルシェンゾンはびっくり仰天、急いで調べてみたところ、その通り、プーシキン作ではなかった。狼狽したゲルシェンゾンは自動車を仕立てモスクワの書店という書店を駆けずり回り、問題の論文が掲載してある五−六ページを引き破っていった。それから贈呈先はもちろん、あらかじめ予約購入した読者の所を巡って問題個所のページを破っていった。こうして、ゲルシェンゾンの代表作の一つ『プーシキンの叡智』

は、一九一九年版では五－六ページがなくて、七ページ目から始まっている。その後の再版はもちろん論文『プーシキンの聖板』は存在しないので、今日のプーシキン研究者はそれを読むことはできない。ちなみに、ゲルシェンゾンはその当時モスクワのアルバート通りの近く、現プロトニコフ通り一九番地に住んでいた。ところが、すべての事象に例外があるように、いかなる経路か不明だが、破り捨てたはずの五－六ページを残している『プーシキンの叡智』完全版が、きわめて少数ながら存在しているという。もっとも入手困難な稀覯本として古書界では高値を呼んでいる。筆者の知る限りでは、ロシア文学研究所でもロシア国立図書館（旧レーニン図書館）でも、ゲルシェンゾン『プーシキンの叡智』完全版を見ることはできない。ただ一つ、日本の早稲田大学中央図書館は、この完全版を所蔵しており、誰でも借り出し閲覧することができる。しかし、いずれは不心得者が出てきて、いまは亡きゲルシェンゾンに代って問題のページを切り取って持ち去るであろうから、いまのうちにコピーを取っておくことをお勧めする。

†かつて、戦前のソビエトの文学界に、プラトーノフという姓の作家が二人いた。しかも、

二人とも同じアンドレイという名前であった。小説『ジャン』『土台穴』などの作品で知られるアンドレイ・プラトーノフ（本当の姓はクリメーントフ、一八九九－一九五一）の他に、プロレタリヤ文学作家同盟に属するアンドレイ・プラトーノフという人もいた。後者はコルホーズ運動を誹謗した反ソ活動の故を以って早くに逮捕され、強制収容所送りとなっていた。その後、もう一人のプラトーノフにも逮捕状が出たのだが、二人を混同していた政治警察は、プラトーノフはすでに処理済みと勘違いして、スターリンに報告した。こうして、アンドレイ・プラトーノフは生き延びることができた。だが、政治犯の息子ということでプラトーノフの十五歳のプラトン・アンドレエヴィチが逮捕された。父のアンドレイ・プラトーノフは釈放に奔走、数々の嘆願書を当局に提出、息子は無事釈放された。だが、この息子も、一九四三年八月、独ソ戦にて戦死した。

†作家のフセヴォロド・ガールシン（一八五五－八八）は、しばしば画家イリヤー・レーピン（一八四四－一九三〇）の絵画のモデルをつとめた。たとえば、絵画『皇太子アレクセイを打ち殺すイワン雷帝』（一八八五年）の皇太子のモデルはガールシンであったとされてい

る。また、絵画『思いもかけず』（一八八八年）で、帰還した父親もガールシンを写したものだという。なお、彼はこのモデルとなった直後に自殺した。レーピンに肖像画を描いてもらった人は、まもなく急死するという噂がたった。たとえば、音楽家のモデスト・ムソルグスキーは、一八八一年三月二日から四日にかけて肖像画を描いてもらい、その半月後（三月十六日）に亡くなった。また、作家のアレクセイ・ピーセムスキー（一八二一－八一）は、一八八〇年末に肖像画を描いてもらい、翌年一月十一日に急死した。首相のピョートル・ストルィピン（一八六二－一九一一）の肖像画は、一九一〇年にレーピンによって完成したが、翌一九一一年九月一日に暗殺された。もっとも、レーピンに肖像画を描いてもらった人で、その後も長く生きて、天寿を全うした例も少なくない。

†ドストエフスキーの身長は一六八センチと言われている。ロシア人としては平均よりも長身ということになる。それが作品にも反映しているという。小説『罪と罰』のラスコリニコフはかなり長身で、自分の下宿から高利貸の老婆の所まで七三〇歩ということは有名になっており、多くのドストエフスキー愛好者はその真偽を実験しようとするが、日本人

は例外なく七三〇歩以上かかると言い、ロシア人はちょうどドストエフスキーの言う通りだったと主張する。

†トゥルゲーネフの小説『父と子』（一八六二年）において、登場人物のバザーロフについて作者は「ニヒリスト」という単語を創出して、「いかなる権威にも頭を下げない人」との定義を付した。だが、この語が世に広がり、世代が変わるにしたがって、より破壊的な、より否定的なニュアンスの意味が付加されていった。かつてわが国ではもっぱら「虚無主義者」なる訳語を与えていた。そもそも「主義」なる観念そのものを積極的に否定するニヒリストにとっては、はなはだ迷惑なはずだが、むしろこの訳語の方が、わが国では独り歩きして、この漢語訳にいろいろな人が自説を結び付けていろいろに用いていた。ようやく戦後になって、とりわけ実存主義哲学の風潮にしたがって「ニヒリスト」がにわかに復活し、新しい内容を包含して従来とは異なる哲学用語として用いられるようになった。いずれにせよ、この「ニヒリスト」なる語は、執念深く生き残ったものの、トゥルゲーネフからは遠く離れてしまっている。二十一世紀の概念によって十九世紀八〇年代の諸現象を

解釈する愚だけは避けたいものである。かかる乖離の現象は、十九世紀末のロシアにおいて、主として文芸思想の分野において、すでに始まっていた。ちなみに、ニヒリストというロシア語の単語を初めて用いたのはニコライ・ナジェージディン（一八二九年）であったが、この単語を生き生きとよみがえらせたのがトゥルゲーネフ『父と子』であった。

†チェーホフの戯曲『桜の園』の「桜の園」のモデルは、ヴィーチュグ（モスクワの北東三七〇キロ）にあるタチーシチェフ伯爵家というのが、半ば定説となっている。当主のセルゲイ・タチーシチェフ伯爵（一七七一―一八四四）が亡くなって、この領地は長女のマリーヤ・エイフレル夫人（一八三〇―七三）に移った。この女性がラネフスカヤ夫人のモデルとされている。戯曲には出てこないが、長子のドミートリイがバーデンワイラー公国駐在公使をしており、一九〇四年、チェーホフがこの地で没するや、いち早く（四年後）、チェーホフの銅像を建設した。これは本国ロシアよりも早く、世界最初のチェーホフ像であった。

†ゴーゴリはひどい写真嫌いだった。晩年の十九世紀五〇年代には、写真技術がロシアで

もようやく普及し、人々は争って被写体となり、数々の文学者もその肖像写真を残していった。しかし、ゴーゴリだけは被写体になることを断固拒否し続けたという。したがって、ゴーゴリの写真は一枚も残っていない。

†トゥルゲーネフはフリーメイソンであった。彼が生きた十九世紀後半のロシアでは、結社禁止令が厳格に施行されており、以前のようなフリーメイソンの集会そのものが存在していないとされている。したがって、トゥルゲーネフはフランス滞在中にフランスのフリーメイソン結社のいずれかの集まりに出席していたのだった。そのことは、ロシア本国の官憲には察知されることなく、この結社のルールからして同席のトゥルゲーネフの氏名が明かされることなく、彼の没後もこの事実をいずれの伝記研究者も知ることなく、過ぎていたのだった。トゥルゲーネフが十九世紀六〇年代末のフランス大東社系フリーメイソン結社「ヴィクシオ」支部の名簿に記載されていたのが見付かった。これを発表したのはニーナ・ベルベローワ（一九〇〇−九三）であった。トゥルゲーネフが没して百年以上が経過していた。

†プーシキンの趣味は散歩であったと言われているほど、健脚の持ち主であった。当時の人々は現代人には想像もできないほど、徒歩での遠出をしていた。たとえば、ペテルブルグからツァールスコエ・セローまで、現在では車で一時間ほどの距離だが、プーシキンは一晩中歩き続けて通ったと言われている。その場合、当時にあっては歩行者の必需品はステッキであった。たんに歩行の補助手段というだけでなく、途中で強盗や暴漢に襲われた際の防具としてもステッキは必要であった。プーシキンにとってステッキの蒐集はそのような意味においても重要であって、十数本を所有していた。決闘で重傷、自宅に運ばれてついに息を引き取ったその途端、枕頭に控えていた友人・知人たちが、先を争って次々と遺品を持ち去った。ステッキのコレクションもすべてなくなった。憲兵隊によって封印されたときには、一本も残っていなかった。後に、ペテルブルグ大学露文科主任教授になったピョートル・プレトニョーフ（一七九二―一八六五）も、プーシキン所有のステッキを持ち去った一人で、このステッキを常時携帯し、教壇に立つと、ことあるごとに、その由来を自慢気に語っていたという。

†ゴーゴリの亡霊がウクライナの広野を彷徨しているとの噂が、いまでも一部の人の間でささやかれている。現代のゴーゴリは馬車ではなく、汽車に乗って方々を巡り訪ねているのだという。その姿を見たという証言も、一つや二つにとどまらない。現在流布しているゴーゴリの肖像画から案ずるに、その特徴的な顔相は人々の記憶に長くはっきりと残っているのだろう。

†詩人・作家を知りたいと思う者は、その故郷へ行かなければならない、という言葉がある。だが、一方では、ミハイル・ブルガーコフの唯一の欠点は彼がモスクワではなくキーエフの生まれであることだ、という表現もなされている。それほどに、ブルガーコフはモスクワの作家であった。また、トゥーラの近くのヤースナヤ・ポリャーナで生まれたトルストイは、モスクワの作家のリストの第一に挙げられているし、南露のタガンローグ生まれのチェーホフも、モスクワの作家の代表に入れることに異論はない。反対に、モスクワ生まれの詩人・作家でモスクワにて没した人はきわめて少ない。モスククワ生まれのプーシキンも、レールモントフも、ドストエフスキーも、ブーニンも、劇作家のオストロフス

キーも、詩人のオガリョーフも、モスクワを離れて、モスクワ以外の地にて息を引き取り、その墓碑もモスクワには無い。それに反して、他国出身の詩人・作家でモスクワにて亡くなり、モスクワの地にて葬られた人はかなり多い。たとえば、ウクライナ生まれのゴーゴリ、キーエフ出身のブルガーコフ、グルジア生まれのマヤコフスキー等々、いずれもモスクワのノヴォデヴィチー修道院横の墓地に葬られている。モスクワ生まれのパステルナークだが、市内からかなり離れた郊外のペレデルキノに墓があるのは、少々皮肉だが、きわめて世俗臭ぷんぷんたる墓地でないのが救いと言えるかもしれない。

†イリヤー・エレンブルグ（一八九一―一九六七）は、ロシア作家というよりはソビエト作家という表現がふさわしい。彼が独ソ戦の際に提唱した「ドイツ人を殺せ」のスローガンは、全国民の戦意昂揚のための合言葉として大いに用いられた。だが、ソ連軍の勝利が確実となり、戦後処理が問題になってきた段階で、この合言葉は有害視されるようになり、むしろ禁句となった。有名な「スメルシ」部隊も、「スパイに死を」という意味だが、この表現も一九四三年に廃止された。太平洋戦争では、アメリカ兵の合言葉は「ジャップに

死を」であったが、このスローガンは終戦後、日本本土占領になっても、直ちに下ろすことはしなかった。だが、このことはアメリカ軍の方が残虐で、ソ連兵士が人道的であったということを意味してはいなかった。

†チェーホフは知人にあてて医師としての忠告をしている。喫煙を少なくせよ。クワスやビールは飲むな。天気の日でも暖かくせよ。声を出して読むな。速く歩くな。これらの助言がいかなる根拠があってのことなのか疑問だが、医師としての冷静な助言というよりも、自分自身の健康管理のための指針であったようである。もちろん、そのいずれの項目も厳守されることを期待してはいなかったようで、チェーホフにとってもっとも切実な項目(女性を斥ける)には、まったく触れてはいない。

†ウラル地方のペルミという都市は、一種独特な雰囲気を持った街で、とりわけオペラ・バレエ劇場は、戦時中ここにマリインスキー劇場が疎開していたこともあり、他には見られぬ風格を漂わせている。このオペラ・バレエ劇場の前面に広がる公園は、白樺の樹木も

美しく、開場までの一刻を散策するには絶好の場所になっている。ベンチに一緒に並んでいたロシア婦人が呟くように教えてくれた。この公園がチェーホフの戯曲『三人姉妹』のモデルの舞台だという。初めて知った情報で、驚いて問いただしてみると、チェーホフがサハリンに赴く途中、ここペルミに立ち寄り、滞在中の印象が、あの戯曲の基になっているという。とりわけ、『三人姉妹』の終幕の舞台装置は、このペルミのこの公園のたたずまいそっくりである。説明によると、近くの低地こそ、ソリョンヌイとトゥゼンバッフとの決闘の場所にほかならないとか。そうと知って耳を澄ますと、あの印象的な発砲音がいまにも聞こえてきそうであった。

†ブルガーコフの戯曲『トゥルビーン家の日々』は、一九二六年十月五日、モスクワの芸術座にて初演、大きな反響を呼んだ。革命以後十年、国内戦も終わり、新経済政策の下に、ロシア国民の日常生活もようやく安定し、人心も落ち着きを取り戻しつつあった。だが、革命派と反革命派との血を血で洗う凄惨な国内戦の記憶は、人々の心の傷を癒すまでには至っていなかった。ボルシェヴィキ政権としては、反革命側の人々の苦悩の姿を描いた

『トゥルビーン家の日々』の上演は許し難いものであった。三年後、上演禁止、モスクワ芸術座の演目から削除された。ところが、一九三二年、スターリン直々の命令により復活、以来モスクワ芸術座の人気演目となり、戦前だけでも九八七回上演されたという。スターリンはこの芝居が殊のほか気に入り、これを密かに観るためにモスクワ芸術座を訪れること一七回に及んだという。

†プーシキンの没後、恋の対象となったことのあるアンナ・ケルン夫人は再婚したが、プーシキンからの手紙を一通五ルーブルで売却してしまった。貧困故と説明するが、再婚した夫からの強い要請があったものと想像されている。当時は、プーシキンは要注意人物であり、対女性関係においても夫としては唾棄すべき奴輩であった。プーシキンの手紙の値段がコレクターの間で急騰したのは十九世紀末、生誕百周年の頃からであった。二十世紀末には、薄っぺらいプーシキン自筆の紙切れ一枚に、四〇〇〇万ルーブルの値段が付くようになった。いまでも未発見のプーシキン資料の探索が続いている。

†チェーホフの周辺には、「アントーノフカ」と呼ばれる特別な関係の女性たちがいた。三十名ほどの名が知られている。一夜限りで終わった女性もいれば、十年以上も関係が続いた女性もいた。その中で、チェーホフの子供を儲けた女性はただ一人、ニーナ・コルシエ（一八七六－？）であって、一九〇〇年にチェーホフの子を産んだ。タチヤーナ・アントーノヴナと名付けられたその子は、革命後、母子ともにパリに亡命し、長じて女医になったという。

†ソビエト児童文学のベストセラーの第一に、ヴェニアミン・カヴェーリン（一九〇二－八九）の小説『二人のキャプテン』を挙げることに異論はないであろう。ここで語られているタターリノフ船長の物語を、ロシアの少年少女たちは本当のことと信じて疑わないという。そもそもタターリノフ船長というのは、作者のカヴェーリンが創作した架空の人物であって、その遺跡発見の次第はすべてフィクションであった。にもかかわらず、読者たちはこれがフィクションであることを認めようとはしないという。極端な例としては、小学校で歴史の授業にこの偉業を教えるという。さいわい、最近日本でもその和訳が刊行され

たので、確かめるがよいであろう。ちなみに、ここで「キャプテン」とあるのは、一人は船長の「キャプテン」、もう一人は探検をする陸軍大尉の「キャプテン」である。なお、この小説『二人のキャプテン』は、発刊以来ベストセラーを続け。児童文学の傑作としてスターリン賞の呼び声が高かった。にもかかわらず、受賞は戦後（一九四六年）にずれこみ、しかも二等賞であった。この作品の中で「スターリン」という語が出現するのは一回だけであったためと噂されたという。だが、この小説はスターリンの愛読書の一つであった。

†ペテルブルグの中心地に、「どん底」というカフェバーがある。およそその名から掛け離れていて、はなはだ居心地が悪い。東京の新宿の『どん底』を見せてやりたい。だが、相手は、これは『どん底』ではない、というかもしれないが。もっとも、ロシア語の原題の意味は「社会の底辺にて」であって、それ以上の複雑なニュアンスはない。「どん底」という訳語を考え出したのは、大正時代の築地小劇場主宰の小山内薫であったとも言われているが、「どん底」というおどろおどろしたこの訳語が、妙に日本人の心情に共鳴したらしく、あたかも優雅な雅語の如くに扱われてしまったようである。確かに、最初の上演

の際の題名『夜の宿』よりも、『どん底』としてからの興行成績は画期的だったという。

†トルストイとドストエフスキーとが野原で並んで立小便をしたという話がある。ドストエフスキーは元気よく数メートルも先に飛ばしたのに対し、トルストイは足元を汚すだけであった。これを見てドストエフスキーが言った。「レフ・ニコラエヴィチ、あなたも年をとったものですね」。これを聞いたトルストイは言った。「こうして手でしっかりと押さえていないと、顔にかかるんじゃ」。偉大なる思想は偉大なる性欲から生まれるものらしい。シベリア流刑を経験したドストエフスキーは、一八八一年、六十歳で没したが、大貴族地主であったトルストイは、一九一〇年、八十二歳まで生きた。十六歳で初めて女を知り、以来八十歳になるまで性的衝動を抑えきれなかった、とのトルストイの告白が伝わっている。

†二葉亭四迷は、ロシア文学作品の中でロシア女性が発する Люблю вас（アイ・ラブ・ユウ、あなたを愛しています）という科白を和訳するにあたって、「わたし　死んでもいいわ」

と訳したという話は有名だが、かつて学生時代に二葉亭四迷の授業に出ていた人から筆者が聞いたところでは、その他にも「捨てないで下さいまし」と二葉亭は訳したそうである。

†モスクワの国立図書館（旧レーニン図書館）の前庭に、モスクワ創建八五〇年を記念して、ドストエフスキーの座像が建立された。その頃はまだ社会主義体制の下にあったので、人々はドストエフスキーという名前にもその作品にもかなり疎遠であった。このドストエフスキー像についても不思議に思う人が多く、いろいろな話が出てきた。通りを隔てたその前が、いわゆるクレムリン病院であったので、ドストエフスキーは痔疾を患っていて、座って入院を待っているのだろうと噂する人がいたりした。ちなみに、ロシア人男性の三分の一は痔疾をわずらっていると言われている。

†いまだソビエト体制の下にあった頃、映画『罪と罰』が完成し、モスクワ大学にて公開映写会があって、学生たちが席についていた。すると、老教授がまわりの学生たちに、「このドストエフスキーには『白痴』や『カラマーゾフ兄弟』といった世界的な傑作がある

のだよ」と諭すように教えていた。それほどに、当時のソビエト社会の教養は偏っていた。

†レーニンの論文に倣って、『ロシア・フリーメイソンの鏡としてのトルストイ』という真面目な論文がある。それほどにトルストイはフリーメイソンだと断定する人が多く、特に欧米ではそうであった。過去の偉人でフリーメイソンであった人のリストにトルストイの名を記載する例も少なくない。もちろんトルストイはいかなるフリーメイソン結社の集まりにも参加したことはなかった。当時のロシアではフリーメイソン結社は禁止されており、もしこれに共鳴参加せんとすれば、外国に出ていくほかはなかった。

†パステルナークの小説『ドクトル・ジヴァゴ』の主人公ユーリイ・ジヴァゴは作者自身を写したものとされているが、具体的にはパステルナークが、一九四一年十月から一九四三年六月まで、疎開していたチストーポリでの知己の医師ドミートリイ・アヴデーエフがモデルだとの主張もある。彼は第二種ギルド商人の息子であったが、革命後、チストーポリに流されて医師として働いていた。パステルナークがモスクワに戻ってからも交信が続

いていたという。「ジヴァゴ」なる姓はけっして珍しくはなく、モスクワにもペテルブルグにも墓石にその姓を数多く見ることができる。夫人の証言によれば、作者が偶然見付けたこの姓「ジヴァゴ」の面白さに惹かれて採用したのだという。

†世界でもっとも知られているロシア民謡といえば、『カチューシャ』であろうが、厳密には民間伝承としての民謡ではなく、創作歌謡というべきかもしれない。作詞はミハイル・イサコフスキー（一九〇〇－七三）、作曲はマトヴェイ・ブランテル（一九〇三－九〇）で、イサコフスキーはこの『カチューシャ』ほかの詩集により、戦時中の一九四三年度スターリン賞第一等を、ブランテルは戦後一九四六年度スターリン賞第二等を得ている。ただ、この『カチューシャ』が独ソ戦に際して前線へ恋人を送り出す乙女の心情を歌っていると、わが国の多くの人が思っているようだが、この歌謡の制作は戦前のことであり、もともとは国境警備へ出発した人を想う歌で、最初は二番までであったが、戦局が熾烈化するにしたがい、ソ連兵士の間でひろく歌われて、やがて愛国的な歌詞の三、四番も加えられた。この曲の発表会は、モスクワの組合会館円柱の間で行われ、あまりの好評で、アン

コールが三回も繰り返されたという。ちなみに、スターリンがもっとも愛した詩集はイサコフスキーの抒情詩であったと伝えられている。

†詩人エセーニンは訪ソ中の舞踊家イサドラ・ダンカン（一八七七－一九二七）に魅了され、ほとんど衝動的に結婚してしまった。年の差十八歳、ダンカンのほうが年上であった。一緒に西欧旅行に出かけ、途中のパリにて二人はあっけなく離婚、エセーニン独りがロシアに戻ってきた。この頃からエセーニンの酒量は特に増大し、ほとんど終日泥酔状態が続いた。彼は常々アルコールによって梅毒菌を殺すのだと放言して、酒浸りになっていた。事実、彼はそうだと信じていたらしい。ダンカンは梅毒を患っていたと伝えられる。なお、エセーニンとダンカンが初めて出会ったのは、モスクワのアルバート通りが環状大通りに出る右側の建物の最上階での席であったと伝えられる。そこは、当時、外貨専門の店があった。

†トルストイの趣味は狩猟であった。「殺すなかれ」を唱えたトルストイであったが、自分が撃ち殺した血まみれの獲物を見て、満足げな微笑を浮かべ続けていたとの証言もある。

†ブルガーコフの小説『巨匠とマルガリータ』において、ベルリオーズのモデルは詩人のデミヤン・ベードヌイ（一八八三―一九四五）、あるいはレオニード・レオニードヴィチ・アヴェルバフ（一九〇三―三七）とされている。デミヤン・ベードヌイは革命前からその軽妙な寓話詩によって大いにもてはやされ、鋭い舌峰と皮肉を込めた詩句は新聞紙上に発表される毎に大衆の喝采を呼び、革命後は政府要人の一人としてクレムリン内に住んで、ソビエト文学界にて大きな存在となっていた。その後、スターリンの不興を買い、三〇年代末には閉居状態になっていた。レオニード・アヴェルバフはロシア・プロレタリア作家協会（РАПП《ラップ》）創立者の一人で、これまた当時の文学界で大きな力を振るっていた。党の要人スヴェルドロフの従兄弟であり、夫人は治安警察（ГПУ《ゲーペーウー》）の長官ヤーゴダの夫人の妹で、人々からは一目置かれていた。だが、一九三七年にスターリンによって逮捕・処刑された。いずれも、小説『巨匠とマルガリータ』が扱っている二〇年代には、ソビエト社会の一角を形成する典型的な文化人であった。ともにミハイル・ブルガーコフとは相容れない対極にあった。作中のベルリオーズの言動がきわめてソビエト的であり、それ故に多分にカリ

カチュア化されている由縁である。

†ミハイル・ブルガーコフの小説『巨匠とマルガリータ』において、巨匠のモデルはゴーゴリだとする説を唱える人がいる。たしかに、ゴーゴリはブルガーコフのもっとも好んだ作家であったと言える。ゴーゴリの『死せる魂』の劇化を試み、モスクワ芸術座の重要なレパートリーの一つになっている。また、『巨匠とマルガリータ』の冒頭、ベルリオーズが電車に轢かれ、首だけが切断されて転がる場面は、ゴーゴリの墓から首だけが紛失したというエピソードを基にしていると考えられている。

†『巨匠とマルガリータ』 Мастер и Маргарита における「巨匠《マステル》」とは、マキシム・ゴーリキイがモデルだとする説がある。この小説の舞台となっているスターリン時代三〇年代、ソビエト作家同盟議長に祭り上げられていたマキシム・ゴーリキイに対して、ソビエト文学の偉大なる мастер なる尊称が捧げられていた。この事実を根拠に、ゴーリキイ＝モデル説が提唱されているのだが、この説の賛同者はあまりいないようである。大勢とし

ては、мастер は作者のミハイル・ブルガーコフ自身だと考えられている。そうなると、作者自身が自らのことに関して、はたして日本語の「巨匠」の語感を許容し、自認していたのか、はなはだ疑問になってくる。執筆中のブルガーコフには孤高の自負心があったことは確かだろうが、はたして мастер という語にて自分の自負心を代弁させようとしたのかどうか。ちなみに、マステルのMは、マソン（フリーメイソン）のMであり、モスクワのMであり、マルガリータのMであり、マクシム・ゴーリキイのMであり、ミハイル・ブルガーコフのMである。そして、Mはアルファベットのちょうど真ん中にあって、レーニンのLも、スターリンのSも、下に従えている。

†ミハイル・ブルガーコフの小説『巨匠とマルガリータ』を日本語に翻訳した水野忠夫教授に、この翻訳の苦心談を訊ねたことがある。自分の訳語にもっとも戸惑い苦心したのは、表題の мастер（マステル、マスター）の訳語であったという。「巨匠」としたものの、最後まで納得できなかったらしい。現在では「巨匠」という表現を当てることが定番になっているようだが、たしかに日本語の「巨匠」の持つ語感と語意が、ロシア語の мастер か

らはほど遠いことは事実であるけれども、これ以外に一対一の対応をする適訳が見当たらぬことが、何よりも翻訳者の困惑を呼んでいるのはたしかである。

†ミハイル・ブルガーコフの没後、友人たちの間で囁かれていた噂の一つに、ブルガーコフは生前オカルトに没頭し、そのために心身を極度に消耗させ、それが原因で亡くなったとするのだが、夫人の回想録にはそのような記載はない。

†ゴーゴリは、ペテルブルグで生活をし、ローマで祈り、そしてモスクワには死ぬためにやってきた、との警句めいた表現がある。ゴーゴリのモスクワ滞在は、死去の数か月を除けば、さほど多くはないが、知人・友人のほとんどはモスクワ在住の人たち、とりわけスラヴ派と呼ばれる人たちであった。ところが、ゴーゴリの葬儀には、スラヴ派の人たちは一人も列席しなかった。ゴーゴリの葬儀をめぐって、スラヴ派の人々と西欧派と呼ばれる人たちとの間で激しい論争となり、西欧派の言い分が通り、モスクワ大学内のタチヤーナ教会にてゴーゴリの葬儀が行われることになったからであった。

†サハリン旅行に旅立つ直前、チェーホフは出版人のスヴォーリンにあてた手紙の中で、すべてを妹のマリーヤ・パヴロヴナに託すると再三繰り返し強調している。両親でもなく、二人の兄でもなく、三歳年下の妹マリーヤに、自分のすべてを委ね、負債も妹が払ってくれるはずと付け加えている。その後、チェーホフの没後、マリーヤは兄からのこの付託を実践し、数多くの女性からチェーホフにあてて来た手紙をすべて破棄してしまった。そのほか、チェーホフ自身の手紙を検閲し、削除し、公開不許可としたりして、チェーホフ全集の編纂に大きな影響を与えた。現行の全集が、とりわけ書簡の部がきわめて不完全であるのは、マリーヤ・パヴロヴナによるかかる干渉の結果だとされている。一部の人は、二人は一卵性双生児だと評したり、近親相姦に似た感情の存在を指摘したりする。

†一八三六年五月三日、プーシキンはモスクワに出てきて、親友のパーヴェル・ナスチョーキン（一八〇一―五四）のところに泊まった。ヴォロトニコフ通り一二番地に現存している。はからずもこの二週間ばかりのモスクワ滞在が最期の別れとなった。このとき、クズ

ネツキー・モスト通り二二番地の美術史家イワン・ヴィターリ（一七九四－一八五五）宅を訪れ、イタリヤから帰国したばかりの画家カール・ブリューロフ（一七九九－一八五二）に会い、話を聞いている。プーシキンはこの画家の作品、たとえば『ポンペイ最後の日』（一八三四年）を高く評価し、この人こそ本当の画家だと言っていた。プーシキン没後、直ちにパーヴェル・ナスチョーキンの助言を受けて、プーシキンの彫像を作っているが、これがもっとも生前のプーシキンを忠実に映しているとされている。なお、このときの面談で、プーシキンはカール・ブリューロフに妻のナターリヤ・ニコラエヴナの肖像画を依頼した。ブリューロフはすぐに上京し、夫人に会っているのだが、まもなくプーシキンが急逝したため、肖像画の件は立ち消えになった。ちなみに、ナターリヤ・ニコラエヴナの有名な肖像画は、兄のアレクサンドル・ブリューロフ（一七九八－一八一八）によるもので、結婚間もない初々しい彼女の姿を寫している。だが、プーシキンとしては、弟のカールのほうを芸術的に上と見ていたらしい。

†一八八〇年、モスクワにてプーシキン祭が開催された。そこに、今までまったく未知だ

った一枚のプーシキン肖像画が出品されて、話題になった。縦横十センチ足らずの小品で、一応これはカール・ブリューロフ作と鑑定された。二十年後（一八九九年）、プーシキン生誕百年祭が開かれ、そこに有名なキプレンスキー作のプーシキン肖像画が遺族から提供、展示され、人々の注目を浴びるに及んで、先のブリューロフ作の小品は、キプレンスキーの肖像画制作のための習作と認定された。この偽ブリューロフ作プーシキン肖像画は、その後、モスクワ文学博物館が買い上げ、戦後、モスクワにプーシキン博物館を設立するに当たり、そこに移管され、現在に至っている。この十センチばかりの肖像画には、来館者の多くは一瞥するのみで、足を止めようとする人はいない。

†一八七七年十二月二十八日、詩人のニコライ・ネクラーソフ（一八二一-七七）が亡くなった。翌日、葬儀があった。ドストエフスキーも出席し、短い演説をした。その中で、ネクラーソフはプーシキンやレールモントフと並ぶ詩人だった、と述べた。すると、列席者の間から、ネクラーソフはプーシキン以上の詩人だ、との反駁の声が上がった。社会的変革を目指す当時の青年たちにとっては、プーシキンはたんなる外国模倣の詰まらぬ二流詩

人と思われていたのだった。

†ネクラーソフはペテルブルグのノヴォデヴィチー女子修道院の墓地に埋葬された。ドストエフスキーは、生前、自分もこの修道院に葬られたいと強く望んでいたのだったが、没後は周囲がそれを許さず、彼の遺体はアレクサンドル・ネフスキー大修道院の墓地に埋葬され、仰々しい墓碑と彫像が建てられた。

†ドストエフスキーは、よく知られているように、生涯借金で苦しめられていた。借金が完済できたのは、ドストエフスキーが亡くなる一年前のことであった。結婚生活二十四年間にわたるアンナ・グリゴリエヴナ夫人による家計処理の賜物であった。その意味では、ドストエフスキーは後顧の憂いを残さずに死んでいけたわけである。ちなみに、アンナ・グリゴリエヴナ夫人の母親は、スウェーデン人であった。

†かつて、エンゲルスが「共産主義者の遺体は火葬にするのが妥当」と言ったとかで、革

命後のソビエト体制の下では、党員は死後火葬にする慣例になっていた。ロシアの詩人・作家で最初に火葬になったのは、マヤコフスキーであった。その後、ほとんどの詩人・作家は党員であったので、死後、火葬に付された。マヤコフスキーには遺書があったが、秘密警察によって没収、隠匿された。没後六十年が経過してようやく遺書が公開された。そこには、母親の傍らに埋葬してほしいとしてあったのだが、その希望は容れられず、モスクワのノヴォデヴィチー修道院の墓地に、遺骨が埋葬され、その上に華麗な墓碑が建てられた。ソ連作家同盟の議長であったファジェーエフについても同様で、彼はソ連文教政策の先頭に立っていたが、スターリンの死後、スターリン体制批判の嵐に見舞われ、自殺した。そして、党員として火葬に付されて、遺骨は同じくノヴォデヴィチー修道院の墓地に埋葬された。遺書があったが、長く隠匿されたままだった。五十年後に公表された遺書には、同じく、母親の傍らに埋めてほしいとあったのだが、その遺志は叶えられず、驚くほどの巨大な石像の墓碑が建てられた。

†プーシキンに自伝をまとめる企画があり、構想のメモが残っている。その冒頭に「地震」

なる文字が記されている。記録によれば、一八〇二年十月十四日、グリニッジ時間十時五十五分、モスクワでは震度5の地震が二十秒間続いたとある。全市ではさほどの被害はなかったものの、その頃プーシキン家が住んでいたハリトニエフスキー通りでは、屋敷の塀が倒れたと伝えられているから、人々の驚きは大変なものであったと思われる。幼児の記憶にも鮮明に残ったのであろう。赤の広場の南隣り、かつて巨大なホテル「ロシア」が在ったあたり、小さな教会が残っている。モスクワでもっとも古い石造り教会とされているが、その入口の敷石に大きな割れ目がいまも残っている。これが一八〇二年の地震の名残りだと言い伝えられている。ロシア近代文学の祖とされる詩人のニコライ・カラムジーン（一七六六－一八二六）も、このときの地震がよほど恐ろしく、震え上がったらしく、わざわざ一文を記し、数分間揺れが続いたと大袈裟な記述を残している。彼の主著『ロシア帝国史』によれば、モスクワに伝わる最初の地震は、一四四五年十月一日午前六時であったという。たしかにモスクワでの体感地震の生起はきわめて稀で、モスクワには地震はないと断言する人も少なくないほど、生涯一度も地震を経験したことがない人も多い。だが、上述の一八〇二年の地震は、当時の人々の心に深く刻み込まれ、やがてくるナポレオンのロシア侵入、そしてモスクワ大火へとつながる予兆であったとする迷信めいた噂が後々まで伝わった。二十世紀になって、一九四〇年十一月十日、モスクワが震度3の地震に見舞われたときにも、ヒトラーが始めた大戦の嵐にソ連市民も巻き込まれる予兆ではないかとの不安感が市民の間に広がったという。この予感が、翌一九四一年六月二十二日のドイツ軍のソ連侵入となって実現するのだが、当時の漠然たる庶民の間の不安感を打ち消すべく、ソ連政府はことさらに極端に楽観的な発表を繰り返して、ヒトラーの侵入の危険を否定し続けたとも考えられる。ひたすらスターリンの情勢判断の失敗のみを強調して、当時の庶民の心理の底にあった微妙な揺らぎを見落としてはならないであろう。

†モスクワ総督セルゲイ・アレクサンドロヴィチ大公（一八五一－一九〇五）は、クレムリン内のニコラエフスキー宮殿に住んでいた（革命後取り壊されたが、スパスキエ門の近くにあった）。一九〇五年二月十六日の夕方、モスクワ・ボリショイ劇場の慈善公演に出席するため、セルゲイ・アレクサンドロヴィチ大公夫妻は姪マリーヤ・パヴロヴナ大公女（一八九〇－一九五八）とドミートリイ・パヴロヴィチ大公（一八九一－一九四二）と共に馬車で出

かけた。すぐ近くの市議会（後のレーニン博物館）の陰で、テロリストのイワン・カリャーエフ（一八七七－一九〇五）が爆弾を投げようと待ち受けていた。ところが、車内に幼児二人の姿を見て、カリャーエフは投げることができなかった。暗殺は、結局、翌々日（二月十八日）にクレムリン内で成功するのだが、上の情景は、ボリース・サーヴィンコフ（一八七九－一九二五）の小説『蒼ざめた馬』によって、世に広く知られ、わが国でも再三翻訳紹介され、それを基に大仏次郎の小説『詩人』やカミューの『正義の人びと』が書かれ、とりわけ上の感動的な情景が読者に強い印象を与えている。読者の多くはこれを事実と受け取り、暗殺者の心理の綾を想像する。だが、犯人のカリャーエフは直ぐに逮捕、訊問、処刑されており、上の情景は背後にあって操っていたサーヴィンコフのまったくの想像であり、虚構であることを忘れてはならない。二月のモスクワの午後六時すぎでは、石油ランプが車外の左右にあるだけで、馬車の内部は真っ暗で乗客の表情ばかりか有無さえ判別できないはずである。すべて著者サーヴィンコフのフィクションとすべきであろう。そして、車内には「いたいけな二人の幼児」のような表現がもっぱらだが、実際には十五歳と十四歳のかなり成長した姉と弟であった。ちなみに、馬車に乗っていて助かった少年ドミーリイ・アレクサンドロヴィチ大公は、その後、ラスプーチン暗殺の実行犯として歴史に名を残すことになる。

†ゴーリキイ『どん底』の登場人物に、メドヴェージェフという名の巡査が出てくる。はからずも現在の首相で先の大統領の姓である。またサーチンという名の人物も出てくるが、これの二文字を変えれば、プーチンということになるところから、この芝居の上演中は、観客は思わず現政権の宣伝劇だとの中傷を思い出すという。

†プーシキンはナターリヤ・ニコラエヴナとの婚約が決まったとき、彼女に向って、「お前は俺の一〇八人目の女だ」と宣告したと伝えられる。相手が何と答えたかは伝わっていない。同じように、トルストイはソーフィヤ・アンドレエヴナと結婚するに際して、自分の今までの放蕩の数々を記録した日記を読ませた。彼女はそのことを生涯忘れえぬ痛恨事と受け止めていたという。

†プーシキンの『スペードの女王』において、老公爵夫人アンナ・フェドートヴナは、年齢が87歳ということになっている。この87は29×3であるが、29は十番目の素数であり、3は二番目の素数であるから、10＋2＝12、これはカードの十二枚目、クイーン（дама）に相当する。すなわち、老伯爵夫人の年齢が87歳であると言うとき、小説の結末に現れるдама（クイーン）を予告しているわけである。そして、また次の等式が成り立つ。$87=2^2+3^2+5^2+7^2$ つまり、7以下の各々の素数の二乗の和が87であり、7以下の素数の和は17である。17＝2＋3＋5＋7 すなわち、ゲールマンが収容されたのがオブホフ病院の17号室であった。

†一九五二年十月二十日、ボリース・パステルナークは倒れ、ボトキン病院に収容された。十二月末、やや快方に向かい、院内を歩いていると、階段の踊り場で、ばったりと旧知の詩人アンナ・アフマートワに出会った。彼女もまた心臓を患っており、レニングラードより出てきて、ここボトキン病院に入院していたのだった。パステルナークは翌年一月十七日に退院し、保養所へ移っていった。その翌日、ボトキン病院の主治医が突然逮捕された。

いわゆる医師団事件で、スターリン暗殺を企てたとの嫌疑であった。ところが、その二か月後（一九五三年三月五日）、スターリン急死が発表される。四月四日には医師団は釈放。七月中旬にはベリヤ処刑の発表。このようなロシア史のターニング・ポイントとなる日々の中で、パステルナークは『ドクトル・ジヴァゴ』を書き進めていたことを知っておかねばならない。

†作家のサルトィコーフ＝シチェドリーンの本名は、ミハイル・エヴグラフォヴィチ・サルトィコーフ（一八二六－八九）で、ペンネームがニコライ・シチェドリーンであった。彼の没後に刊行された作品集では、ニコライ・シチェドリーンとするのが普通であったが、ソビエト時代になってからは著者名を「ミハイル・サルトィコーフ＝シチェドリーン」とするようになった。生前の作者がそのように自称していたわけではない。この人の場合のかかる二重姓は、たとえばリムスキー＝コールサコフのような二重姓とはまったく違うことを、知っておかねばならない。ちなみに、我が国にこの作家が紹介された際に、姓のアクセントの位置を誤認し、「シチェードリン」という表記であったため、この誤記が固定

し、文庫本などで現在に至っている。

†皇帝パーヴェル一世は、一八〇一年三月十一日の深夜、ミハイロフスキー・ザモクにおいて暗殺された。享年四七歳であった。彼がこの宮殿に住んだのは、わずか四七日間であった。正面玄関に記された銘文は四七文字であった。このようにミハイロフスキー・ザモクには、四七という数がいろいろな形で纏わりついている。この四七は素数であるとともに、11＝4＋7＝3＋7＋1という等式が成り立ち、プーシキンの小説『スペードの女王』の主人公ゲールマンが老伯爵夫人の亡霊に教えられた「3・7・1」の必勝の数列と密接に連結していることを知る。ちなみに、ゲールマンは技術将校だが、一八一九年にこの宮殿がインジェネルヌイ・ザモクと改称されて陸軍工兵学校となっていた頃の出身者であった。この宮殿に、毎夜、パーヴェル帝の幽霊が歩いているとの伝説があることを考慮にいれれば、小説『スペードの女王』との潜在的な結びつきを指摘しないわけにはいかない。亡霊となって「スペードの女王」がゲールマンに必勝の数列（3、7、1）を教え、ゲールマンが必勝の三つの数字を抱いてチェカリンスキーの賭場に赴いた。このときの原資は、

彼の全財産四万七〇〇〇ルーブルであった。ここでも、3＋7＋1＝4＋7という等式が成り立っていた。蛇足ながら、忠臣蔵の赤穂浪士は47人。

†チェーホフとオーリガ・クニッペルが結婚した。やがてオーリガが妊娠、しかし流産してしまった。かねてから強く望んでいたわが子の顔を見ることができず、チェーホフは悲嘆に暮れた。しかし、一部の心無い噂では、オーリガはかねてからモスクワ芸術座の主宰者ヴラジーミル・ネミロヴィチ＝ダンチェンコの秘密の愛人であり、妊娠した胎児の実の父親はチェーホフではなく、ネミロヴィチ＝ダンチェンコだったという。チェーホフをモスクワ芸術座に引き止めておくために、彼女をチェーホフに近づけたのだとの噂もあった。

†チャイコフスキーの祝典序曲『一八一二年』は、対ナポレオン戦争の際のボロジノの戦いから七十年の記念祭のために作曲されたもので、きわめて親しみやすいメロディによって、我が国でもしばしば演奏される。なかでもロシア軍をロシア国歌『神よ、ツァーリを守り給え』であらわし、フランス軍を『ラ・マルセエーズ』で対抗させ、両者のメロディ

が交互に重なり合って、ボロジノでの両軍の激闘を象徴している。そして、最後にロシア国歌の高らかなメロディで終わるのだが、ここで注意せねばならぬのは、ボロジノの戦いの時点（一八一二年八月）で、ロシア国歌はいまだ制定されてはおらず、フランスでもナポレオン帝政の下では『ラ・マルセエーズ』は演奏禁止であった。『ラ・マルセエーズ』がフランス国歌として制定され演奏されるようになったのは、第二共和制以後のことであり、またロシアでの国歌制定は一八三三年で、詩人のジュコフスキー作詞になる『神よ、ツァーリを守りたまえ』であった。したがって、対ナポレオン戦争のボロジノの戦いの頃には、『神よ、ツァーリを守りたまえ』はいまだ歌われていなかった。それまでは、詩人ミハイル・ヘラスコーフ（一七三三－一八〇七）によるフリーメイソン讃歌がイギリス国歌のメロディに合わせて儀式などで歌われていたという。このロシア詩人ミハイル・ヘラスコーフは、叙事詩『ロシアーダ』によって十八世紀ロシア文学にて不朽の名を残しているが、同時に薔薇十字系フリーメイソン結社にあって精力的に活動していたことでも知られている。そして、数々のフリーメイソン讃歌を書いており、アレクサンドル一世治下のフリーメイソン再興の機運にあっては、ロシアでは事あるごとにヘラスコーフ作詞のフリーメイソン讃歌が歌われたという。

†ヴャチェスラフ・イワーノフは、一九一〇年頃にフリーメイソン結社に入会したとされているが、いったいどの支部に属していたのか、いまだ明確にされていない。

†トゥルゲーネフは小説『父と子』の中で、近付きになった最初から相手の男性を姓で呼ぶ習慣がある、と述べ、こういった習慣は十九世紀六〇年代以後のこととしているが、三十年前にすでにプーシキンは小説『スペードの女王』では、ゲールマンに対してのみ周囲は姓で呼んでいる。このことから判断するに、姓のみで呼びかける習慣は、青年将校の一部で少々奇異なニュウアンスを込めて用いられていたようである。トゥルゲーネフの頃の世代になると若者たちの一部にこのような姓のみで呼びかける習慣がひろまったのであろうか。

†作家のニコライ・レスコーフは、一八五三年にオーリガ・ワシーリエヴナと結婚し、一男（ドミートリイ、夭死）一女（ヴェーラ）を儲けた。十五年後に夫人のオーリガ・ワシーリ

エヴナは発狂、ペテルブルグのプリャシカ河畔にある精神病院に収容された。そんな彼女を見舞ったレスコーフは、自分がわかるかと訊ねたところ、病妻は「見えています、見えています、黒い影が……」と答えるのみであったと回想している。一八六五年にレスコーフはエカテリーナ・ブブノワという未亡人と内縁関係になり、一子アンドレイを儲けた。レスコーフは、その思想的保守性ゆえか、ソビエト体制の下では文学研究の対象になることも少なかったが、このアンドレイ・ニコラエヴィチ・レスコーフ（一八六六－一九五三）が綿密なレスコーフ伝を書き上げて亡くなった。スターリンの没後、雪解け時代の一九五四年になってようやくこのレスコーフ伝は刊行された。

†一八八七年四月、レスコーフはトルストイと面談、その際の影響の下に、レスコーフは菜食主義者《ベジタリアン》になった、との話がひろく信じられている。だが、レスコーフ自身は、ベルシエンソンという人に助けられてベジタリアンになったと言っている。いずれにせよ、レスコーフは菜食主義提唱の論文をたびたび書いており、とりわけ一八九二年の論文は有名で、この考え方の普及にとってなみなみならぬ寄与をなしたことは否定できない。だが、今日

のロシアでは、菜食主義はもっぱらトルストイ独りに帰せる傾向があり、その没後、革命政府の下にあっても、トルストイアン経営の菜食専門食堂がモスクワの中心地、ガゼートヌイ通りにて営業していた。古来、仏陀、キリスト、モハメットに始まり、菜食主義者だった有名人は珍しくなく、ソクラテス、プラトン、セネカ等々、西欧諸国には、現在もなお数多く見られるが、ロシアにおいては比較的少ないと言える。トルストイ、レスコーフの他にはレーピンの名が思い浮かぶ程度である。ちなみに、トルストイの菜食主義の実践は、数ある子供のうち、タチヤーナ（一八六四－一九五〇）、マリーヤ（一八七一－一九〇六）、アレクサンドラ（一八八四－一九七九）の三姉妹が受け継ぎ、一時モスクワに三軒の菜食主義食堂を経営していたが、革命後次第に閉鎖されていった。

†ピョートル大帝は、西欧諸国にならい、売春専門店を公認化したとされている。そういった店のことを、ロシア語では **публичный дом**（プブリチヌイ・ドーム）と言った。つまり英語では **public house**（いわゆるパブ、居酒屋）になる。大帝は性病の蔓延を恐れて、医師による検診を義務化して、兵士間の拡大を予防せんとした。この政策は帝政時代にながが

く引き継がれ、非公認の売春婦は逮捕され、街の清掃などを行わせた。これもまた西欧諸国の風習に倣ったものだが、プーシキンの小説『駅長』の中に、都会に出ていった若い女性がやがて街を掃くようになるとの台詞があるが、上記のことを指している。十八世紀末に至り、パーヴェル帝のとき、売春婦には黄色の衣服の着用を義務付けた。そのことにより、政府発行の売春許可証のことを「黄色い札」と呼ばれるようになったという。許可証が黄色であったわけではない（粗悪な紙質のため、札は黄色く変色したためとの説もある）。ドストエフスキーの小説『罪と罰』で、ソーニャがもらってきた「黄色い札」とはそのようなものであった。それを貰うには、十六歳以上で健康な肉体（つまり、性病に罹っていない）であるとの医師の証明書をもらう必要があった。公認の娼家に行ってすぐに売春婦になれるものではないのだが、小説ではそのような煩雑な手続きのことは一切省略されている。

†二葉亭四迷（一八六四–一九〇九）は、一八九五年（明治二八年）に東京外国語学校教授に就任した。とくにロシア文学作品の講読は、いまでは伝説化している。一時間の授業で進度はわずか数行で、一字一句、いかなる日本語を当てるべきかを論じて倦まず。生徒たち

は一人として欠席する者はいなかったという。ところが、文部省は教育改革の一環として、東京外国語学校の教授陣を一新して、東京帝国大学文学部を卒業した洋行帰りの文学士八杉貞利（一八七六―一九六六）を主任教授に任命した。その授業振りは、二葉亭とは正反対で、余計な脱線は一切なく、一直線の講義であったという。当然、生徒たちは騒然となり、二葉亭を追い出した元凶は八杉貞利だとの故なきデマが現れたりした。八杉貞利は『露西亜語学楷梯』（後に『ロシヤ語階梯』）という名著によって我が国のロシア語界に巨大な影響を与えた。この入門書によってロシア語学習を始めることが、我が国では正道とされるほどであった。さらに、近代的な『露語辞典』を編纂、ロシア語界でこの辞書の余慶にあずからぬ者はいないとさえ言われるほど、その功績は不滅であった。とりわけ、日本ロシア文学会の創立とともにその会長として、ロシア語・文学研究の学徒を数多く育て、一九六六年、惜しまれつつ没した。葬儀は東京の四谷大日会堂で日本ロシア文学会葬として行われた。数千人の人々が集まり、最後の別れを惜しんだ。葬儀後、関係者十数人が会食となって、筆者はその頃事務局の書記の役を与えられ、裏方として働いていたので、その一隅に座っていたが、やがて仕出し弁当などが車で運ばれてきた。その車の胴体には、料亭

「双葉亭」とあって、一同騒然となった。誰がこの料亭を指名注文したのか、ひそかに調査したが、結局何も分からなかった。

†プーシキンの夫人ナターリヤ・ニコラエヴナは、プーシキンとの間に四人を産み、再婚して二子をもうけた。彼女は、美人にありがちなことだが、不感症であったとの判定を下す研究者がいる。数百人の女性との経験豊かな百戦錬磨のプーシキンとしては、絶世の美女とはいえ、ナターリヤ・ニコラエヴナの肉体に対しては、さほど魅力を感じなかったのではないかとの想像をめぐらす人もいる。

†トルストイの小説『アンナ・カレーニナ』の終わり近く、ヒロインのアンナがモスクワの街路を彷徨う場面がある。自殺を覚悟したアンナは、最後に「フィリッポフのカラーチ」を食べたいと呟く。このカラーチとは、ロシアでもっともポピュラーな白パンの種類のことだが、フィリッポフというのは、二十世紀二〇年代まで営業していたロシア最大のパン製造・販売の商店の名称であった。モスクワのトヴェルスカヤ通り十番地に本店があった。

ソビエト時代にはコミンテルン専用のホテルとなり、「リュックス」という名称であったが、戦後は一般用のホテル「ツェントラリナヤ」となっていた。最近、ホテル「リュックス」に戻った。一階にはロシア料理を出すレストランがあり、一隅でパンを売っていて、軽食店になっていた。ソビエト体制崩壊後、フィリッポフという商標も復活し、モスクワ各地にて営業している。このフィリッポフのパンは、ロマノフ帝室御用達で、ペテルブルグ支店はネフスキー通り一四二番地にあったが、現在はここはプチホテル「フィリッポフ」になっていて、パンの販売はしていない。革命前にはロシア各地に支店がいくつかあった。たとえば、いまはもう無くなっただろうが、地下鉄プレチステンカ駅を出てすぐ前、プレチステンカ通りの角の一階建ての建物では、奥にパン焼き窯があり、販売も行っていて、出来上がるのを待つ行列があり、筆者も時折り並んだものであった。十九世紀にパン製造が何故モスクワにて行われたかというと、エカテリーナ女帝の頃にムィチシチより清水を引いてきて、モスクワの水事情が飛躍的に改善されたためであった。ペテルブルグの方は最近まで飲用に不適と言われていたほどで、モスクワよりわざわざ清水を運んできてパンを焼いていたと言われていた。

†作家のボリース・パステルナークは、学生時代、フィリッポフ製パン店の息子の家庭教師をしていた。第一次大戦時の経済的困窮の際、この一家に従ってウラルのペルミ市に疎開していた。革命前、フィリッポフのパンと言えば、その美味によって全国に轟き渡っており、ペテルブルグ支店は帝室御用達であった。モスクワの本店からはモスクワ総督に献上していた。ある朝、総督のパンからゴキブリの死骸が出てきた。呼びつけられたフィリポフは、「それは新作の干葡萄パンです」と言い訳をした話は有名だが、ソ連体制崩壊後に復活したが、ロシア人は干葡萄入りパンにはあまり関心がないようである。

†「細君を連れてパリへ行くのは、トゥーラへサモワールを持っていくようなものだ」とはチェーホフの言葉だが、我が国の金言に直せば、「海外旅行へ細君同伴で出かけるのは、握り飯持参で高級レストランへ行くようなものだ」になるだろう。チェーホフが長年の独身生活の末に上の言葉を吐いたとすれば、特定の女性と同伴でパリ旅行を夢見ていたのかもしれない。いずれにせよ、チェーホフは数々の国内旅行にあたっては、女性同伴ということはなかった。ゆく先々で、チェーホフはまずその町の売春宿の所在を訊ねるのが常で

あった、とのエピソードが残っている。女性を単なる性欲処理の対象として見ていたという点で、基本的にはチェーホフは心理的に女嫌いだったと断定する研究者もいる。

†日本では、「トゥルゲーネフ」はすこし前までは「ツルゲーネフ」であった。ロシア語のТуを「トゥ」と表記するか「ツ」とするか、それ自体はさほど重要なことではない。だが、日本語の「ツ」をロシア語で表記せんとすれば、цуがもっとも相応しい以上、Туの日本語表記を「トゥ」と書いて区別せざるをえないだろう。とりわけ決定的であったのは、二葉亭四迷が『猟人日記』の中の一篇を『あいびき』と題して紹介したとき、「ツルゲーネフ」という表記を用いた。『あいびき』が近代日本文学に大きな影響を与えたと同時に、「ツルゲーネフ」を日本の読者に深く刻みこんだと言っても過言ではないだろう。戦前にあっては、軍関係の著作ではТуを「ツ」と書くことにしていたと伝えられるが、戦後は文部省の主導で国語改革の一環として「ツ」に統一しようとの動きとなっていた。だが、ロシア語関係者にとっては、きわめて不都合な強制に思われ、最近では「トゥ」を採用する場合が多くなったように思われる。トゥルゲーネフの翻訳者にあっても、積極的

に「トゥ」を用いようとしているが、出版社の強い要請で「ツ」を用いざるをえなかったとの告白を聞いたこともある。その他にも、たとえば、地名では Тула「トゥーラ」「ツーラ」があり、人名では Туполев「トゥーポレフ」「ツーポレフ」がある。

†一九六〇年五月三十日、パステルナークはボトキン病院にて亡くなった。遺体は近親者によってモスクワ西郊ペレデルキノの自宅に運ばれ、ひっそりと葬儀が執り行われた。知人数人が列席しただけであった。遺体は近くの墓地に埋葬された。「パステルナーク死す」との報を聞くや、詩人のアフマートワは一篇の詩『詩人の死』を書いた。かつて百数十年前、「プーシキン死す」との報を聞いたレールモントフが記した同名の詩は、時の皇帝ニコライ一世への痛烈な一撃となった。アフマートワの中に時の権力者への怒りが沸騰せんとしていることを心ある人たちは読み取った。その頃のソ連の権力者たちの名前は、今では遠く忘れ去られているが、パステルナークとアフマートワの名はますますその光輝を増してきている。

†ショーロホフの小説『静かなるドン』は、ショーロホフ二十二歳のときから二年半で書き上げたものだが、第一次大戦から革命・内戦と続く広大は物語には、登場人物は九八二人、そのうち実在の人物は三六三人、この膨大な数の人たちのことを、このわずかな期間でショーロホフ青年が、その人物像まで、くまなく知り得たはずはない、というのが盗作説を主張する根拠の一つになっている。

†一八一二年六月、ナポレオンのロシア侵入を追って、スタンダールは補給部隊の一員としてロシア遠征に加わった。スモレンスクにて本隊に追いつき、ボロジノの戦いでは控えの戦力として戦闘を傍観、そしてモスクワに進軍し、九月二日、ヴォズドヴィジェンカ通りのアプラクシン邸に宿泊する。もっとも彼は「サルトィコーフ邸」と誤記しているが、あるいはそういう説明を受けていたのかもしれない。ところが、その日の深夜、市内の大火の火の手がこの宿舎にも迫っているとの警報を受け（結局、この邸は無事だったが）、急いでストラスヌイ並木通りのイギリス・クラブに移った。ここは司令官の宿舎として確保してあったもので、邸内の見事さに一同感服した旨の記録を残している。この建物も無事で

あったのだが、ナポレオン軍の総撤退の命令が出て、スタンダールもモスクワを後にした。彼は従軍を決心して以来、自己の見聞を記録すべく、大部のノートを持参し、日々の行動を詳しく書き留めていたが、フランス軍の撤退がやがて敗走となり、有名なベレジノ河での激戦の後、スタンダールはノート類の一切を河に流してしまい、身一つでパリに戻ってきた。ただ本国に送った数通の手紙と、後年執筆した短い回想が残っているだけで、ロシア遠征の際のスタンダールの行動の詳細はあまり分かっていない。

†スタンダールは梅毒に苦しんでいた。とりわけ晩年では体力も衰え、口述筆記に頼っていたが、伝えられるところによると、スタンダールの梅毒はロシア遠征の際にロシア女より感染したものだと語っていたという。真偽のほどは確かめようがない。一方、ロシアでは梅毒を含めて性病のことをフランス病という呼び名が広がっており、ナポレオン軍の侵入以後、ロシアに梅毒が急速に拡大したと非難する。いずれにせよ双方とも妙なところで愛国心を発揮している。俗説では、梅毒はコロンブスがアメリカより持ち込んだとされているが、ロシアでは、スペインよりやって来た、と信じられ、プーシキンも詩の中でその

ように詠っている。日本にはフランシスコ・ザヴィエルがキリスト教と一緒にもたらしたとも、種子島から火縄銃と一緒に広まったとも言われている。

†一八八〇年、モスクワのストラスナヤ広場（現プーシキン広場）にプーシキンの銅像が建ち、盛大な祝典が催された。その日の晩餐会の席上、セルゲイ・アクサーコフが立ち上がり、モスクワにゴーゴリの銅像も建てるべきだと提案した。するとペテルブルグの作家たちは、ゴーゴリの銅像はペテルブルグにこそ在るべきだ、と反対意見が出て、俄然活発な論争が生起した。いずれにせよ、ゴーゴリはモスクワにて亡くなったのだから、とにかくモスクワにゴーゴリの銅像を建てる案が通り、寄付が募られ、たちまち七万ルーブルが集まった。だが、具体化となると、大いに難航し、十六年後の一八九六年になってようやく建設委員会が発足した。こうして、ゴーゴリ生誕百年を記念して、一九〇九年四月二十六日、アルバート広場からプレチンスキー並木通りに入る空き地を選んで、ゴーゴリの銅像が据えられて、盛大な落成式が行われた。だが、このゴーゴリの坐像には、当時から批判が多く、とりわけ革命後は、そのあまりに沈鬱な表情に対して、日毎郊外の別荘よりクレ

ムリンの執務室に通うスターリンのお気に召さず、あらたにソビエト的な解釈による精力的なゴーゴリの立像を計画、一九五二年三月二日、完成した。そして、旧ゴーゴリ坐像はドンスコイ修道院に移された。その丁度一年後にスターリンは亡くなった。そこで、ゴーゴリ生誕百五十年を記念して、ゴーゴリの坐像はニキーツキー並木通り七番地のゴーゴリ終焉の建物（現在はゴーゴリ博物館）の前に移され、現在に至っている。

†十九世紀末に、一時的ながら、精神医学研究者の一部の間からプーシキン狂気説が唱えられたことがあった。プーシキンの曽祖父の狂気じみた挙動の数々に遺伝因子の一端を見ようとする試みもあった。また、夫人のゴンチャロ一フ家の家系においても、祖先の何人かの狂気の例を見出せるという。だが、ソビエト期になると、詩聖プーシキンに対するこういった見方を積極的に否定して、文豪プーシキンの正常さを強調、賛美せんとする動きになっていた。ところが、ソビエト体制崩壊後の最近になって、天才と狂気という大きな枠の中で、ロシア文学の作家・詩人の代表例としてプーシキンを取り上げようとする動きが目立つようになった。たしかに若い頃のプーシキンの個人的挙動には、また対人関係に

おいても、少々奇矯と呼ばねばならぬ例が少なくない。そして結婚後には妻の貞操に対してかなり嫉妬深い面があったが、それらをもって狂気の診断例とすることができるのか、はなはだ疑問だとプーシキン研究者は反論する。ちなみにプーシキンの子孫は数多いけれども、狂気の遺伝とすべき例は見当たらない。

†アンナ・アフマートワの一子レフ・グミリョーフ（一九一二―一九九二）は再三の逮捕、流刑をくぐりぬけて、スターリン没後、許されて、レニングラード大学を卒業、学術研究の場にて博士号を取得、人類学の分野では大きな寄与があった。だが、一方では、抜きがたい隠然たる噂が付きまとっていた。つまり、彼はアンナ・アフマートワと夫ニコライ・グミリョーフとの間の子ではなく、彼女と時の皇帝ニコライ二世との間に生まれた隠し子だとする噂である。研究者は単なる虚妄として一顧だにしない。アフマートワがツァルスコエ・セローにて生まれ、ツァルスコエ・セローにて育ったことに対する悪意ある中傷であろうか。皇帝一家がもっぱらツァルスコエ・セローのアレクサンドロフスキー宮殿にて日々をすごし、公式行事以外にはペテルブルグの冬宮に赴くことがなかった。そういった

事情が上の妄説の原因になっている。アフマートワに『青い目の王様』という詩があるが、ニコライ二世も彼女の息子レフ・グミリョーフも青い目であった。ちなみに、あの怪僧ラスプーチンも青い眸であった。

†作家のワレンチン・ラスプーチン（一九三七－二〇一五）は、三月十五日に生まれ、三月十四日に亡くなった。一九八六年に訪日した折り、講演会の冒頭で、自分はあのグリゴーリイ・ラスプーチン（一八六九－一九一六）と関係があるのかと常に訊ねられて少々迷惑している、とユーモア混じりで弁解していたのを思い出す。一般に言われているのは、ラスプーシンの語源は放蕩を意味する **распутный**（ラスプートヌイ）であるが、本当はそうではなく、分れ道を意味する **рас + путь**（ラス＋プーチ）を語源にしていて、シベリヤではごくありきたりの姓であるとのことであった。ちなみに、ロシア大統領ヴラジーミル・プーチン（一九五二－）の祖父は問題のグリゴーリイ・ラスプーチンの隠し子だとの説があって、ひそかに生まれた男の子に自分の姓の半分（プーチン）を与えたのだという。もちろん妄説で、悪意ある中傷にすぎない。もっともプーチン大統領の祖父は、帝政時代には王室料理人を

務めていたと言われ、あるいはラスプーチンと顔を合わせていたかもしれない。この人は、革命後はモスクワのクレムリンに移って、レーニンなどの食事を作っていたと伝えられる。

†ミハイル・グリンカ（一八〇四–五七）作曲のオペラ『皇帝に捧げし命』（一八三六年）は、もっとも愛国的なロシア・オペラの代表作として、現在でもしばしば上演されている。とはいえ、ロシア以外の国々では皆無に近いが。グリンカは最初このオペラの作詞をプーシキンに依頼するつもりであった。プーシキンの実弟レフ・プーシキン（一八〇五–五二）とグリンカとはペテルブルグ寄宿学校で同期だったからであろう。だが、プーシキンは面倒な初めてのオペラ作詞を断ってきたため、この作業を詩人のワシーリイ・ジュコーフスキイに頼むことにした。ジュコーフスキイは一旦は引き受けたものの、この仕事の複雑さ、煩雑さが分かってきて、とうとう知り合いのエゴール・ローゼン男爵（一八〇〇–六〇）に回した。ドイツ生まれのこのローゼン男爵は、グリンカからの再三の面倒な注文にも快く応じて、オペラ『皇帝に捧げし命』を書き上げた。ソビエト時代には『イワン・スサーニン』と題名を変えて、独ソ戦の最中にも再三上演された（現在では元の題名に戻っている）。

ロシア人の愛国心を鼓舞するもっとも愛国的なこのオペラの数々の歌詞が、ドイツ人によって書かれたことを、声高に指摘する人はいない。ちなみに、プーシキンも、ジュコーフスキイも、きわめて熱心なオペラ愛好者であったけれども、その後においてもオペラの作詞に手を染めることはなかった。

†モスクワのニキツキエ・ヴォロータ広場に立ち、西に向くと、プーシキンが結婚式を挙げたヴォズネセニエ教会があり、その左右に西へ走るボリシャヤ・ニキツカヤ通りとマーラヤ・ニキツカヤ通りがある。後者の通りの六番地、それはまたスピリドノフカ通りの始まりとなるのだが、ゴーリキイ博物館の華麗な建物を見ることができる。一九三二年、ゴーリキイがソ連へ帰還して、ゴーリキイの住まいとして提供される。その際、ここに仮寓していた諸々の団体・施設が追い出されたことは、あまり知られていない。たとえば、外国人のソ連訪問の窓口となっていたＢＯＫＣ（対外文化連絡会）は、ボリシャヤ・グルジンスヤ通り三番地の建物へ追いやられた。また、ロシア精神分析学研究所は廃止を迫られた。フロイドを祖とする精神分析学は、二十世紀初頭のヨーロッパでもっとも先進的な流行の

学問分野の一つであったが、ロシアではイワン・エルマコーフ（一八七五―一九四二）を中心に精神医学関係の研究者を集め、フロイドの業績の普及に熱心であった。世界で初めてフロイドの著作を自国語に翻訳紹介したのは、ロシアであった。その中心がエルマコーフで、彼の尽力によって、一九二三年、精神分析学研究所が設立され、この分野の数多くの著作・論文の露訳を刊行、ロシア人自身による数々の研究成果が、『心理学・精神分析学叢書』として発表されていった。なかでも、彼らが関心を集中させたのが、ロシア文学の諸々の作家・詩人であった。プーシキン、ゴーゴリ、トルストイ、ドストエフスキー、ゴーリキイ等々、これらの詩人・作家の内部に秘められた狂気、異常心理の実態をえぐり出していった。従来のロシア文学研究者が誰一人として手を染めようとはしなかった斬新かつ大胆な試みであった。なかでも、エルマコーフによるプーシキン論、ゴーゴリ論は不朽の労作と言っても過言ではなく、この方面の学徒の必読文献になっている。しかし時代は急速に変化し、スターリン体制確立とともに、ロシア精神分析学研究所は解散させられ、エルマコーフは外国との通牒の故をもって逮捕、流刑となり、シベリヤの果てにて消えてしまった。多くの研究者も消息不明となり、同研究所刊行の印刷物も図書館では閲覧禁止、図書カードも破棄された。だが、時は移り、二十世紀末、突然ソビエト体制が崩壊するや、すぐにあの精神分析学研究所も復活、エルマコーフの著作も、原稿のままであったドストエフスキー論をも加えて復刊した。

†かつて、ドストエフスキーの小説の人名「カラマーゾフ」の語源は何ですか、という質問を受けたことがあった。たとえば、ヴォルコフ（狼）、メドヴェージェフ（熊）、ソコロフ（鷹）、ムラヴィヨーフ（蟻）、プーシキン（大砲）、プーチン（道）、モローゾフ（厳寒）等々、われわれがしばしば耳にするロシア人名（姓）の多くは、その語源ともいうべき普通名詞が想像できる。ロシア人名には「カラ」で始まる姓がきわめて頻繁に出会うことは確かで、上記のカラマーゾフの他に、カラムジーン（詩人で歴史家）、カラコーゾフ（皇帝暗殺犯）、カラトィーギン（悲劇役者）などの有名人のほか、ロシア姓名辞典には「カラ」で始まる姓が数十例も示されている。さらに、指揮者のカラヤン（アルメニヤ系のドイツ人）もこれに入るのであろうか。これらの姓の語源については、筆者の手の及ぶところでないので、語源研究者に訊ねてみたところ、とうてい簡単にまとめることができぬほど複雑であると

いう。「カラ」の語源の一つに「黒い」という意味があり、ロシア語の「カランダーシ」（鉛筆）も同じ系統になる由。トルコ語で黒海のことを「カラデニズ」と呼ぶのも同様。ドストエフスキーの小説『カラマーゾフの兄弟』の中で、登場人物の一人がカラマーゾフと呼ぶべきを間違えて「チョルノーゾフ」と言っている例が出てくるのも、ロシア人の慣習として「カラ」を「チョルヌイ（黒い）」と解しているためであろう。

†ゴーゴリは甘党であった。極端な甘党であった。常にポケットに砂糖の塊りを忍ばせ、機会を見ては砂糖の塊りを舐めていたという。かつてのロシアでは、甜菜糖《てんさい》が主であるため、ほとんどの場合、氷砂糖に近い塊りとなっていて、砂糖壺に入れて客に提供するのが普通であった。ゴーゴリは退出するに際し、砂糖壺の中の砂糖の塊りを全部自分のポケットに収めてから去っていくのを常にしていたという。

†ドストエフスキーの小説『白痴』の登場人物ロゴージンの屋敷は、ペテルブルグ中心のゴローホワヤ通りにあることになっている。また、ゴンチャローフの小説『オブローモフ』

の主人公もまた、最初はゴローホワヤ通りのある建物の二階を借りて住んでいる。このゴローホワヤ通りは、ロシア語のゴローホ（豌豆）との連想によって、豌豆通りとか、豆通りといった日本語表記が当てられることがしばしばである。だが、このゴローホワヤ通りの由来は、豌豆ではない。一七五六年にワシーリイ・ゴローホフという名の商人が、当時としては珍しい石造りの家を建て、店を開いたところから、人々はゴローホワヤ通りと呼ぶようになったという。事実、この通りの入口、一番地の建物でレストラン「ゴローホフ」が営業している。ピョートル大帝が創建したときのこの通りの公式名は、スレドニー通りであった。一方、また異説があり、ピョートル大帝が招いたガラーフというドイツ人がここに住んでいたが、ロシア語のゴローフとの類似から、人々はこの通りをゴローホフ通り、あるいはゴローホフスカヤ通りと呼ぶようになったとの説もある。

†ドストエフスキーの小説『罪と罰』において、K橋という表現がある。これは主人公のラスコリニコフが住んでいた下宿の近く、グリボエードフ運河（当時はエカテリーナ運河と呼んだ）にかかるコクーシキン橋を指すと考えられている。この小説の翻訳や解説など

で、わが国ではときに日本語訳として「郭公橋」と表現して紹介する。つまり、ロシア語の **кукушка**（郭公）に因んで名付けられたと考えての日本語訳が出てきたわけであるが、しかしこのコクーシキン橋の由来は、郭公とはまったく無関係であって、この橋に連なる通りに、十八世紀、ワシーリイ・コクーシキンという商人の家があったことにより、コクーシキン通りと呼ばれていた。それとの連なりで、コクーシキン橋と呼ばれるようになったという。一説には、この橋を架けるにあたり、ワシーリイ・コクーシキンがその費用を提供したことにより、コクーシキン橋と名付けられたとも伝えられている。

†日露交渉史の面できわめて該博な知識の持ち主であった故高野明さんから聞いた話であるが、日本人が初めてロシア文学に接して和訳を試みたのは、詩人デルジャーヴィンの代表作の一つ、詩『神』ではないかということであった。それは一八〇四年（文化元年）九月、ニコライ・レザーノフ（一七六四－一八〇七）が『ナジェージダ』号にて長崎に来航、日露間の通商を求めたときであった。結局幕府は鎖国政策を堅持して、一か月以上の交渉にもかかわらず、アレクサンドル一世の通商要請の親書の受け取りをも拒否したのだが、

その際、交渉は長崎在住のオランダ人を伴って、わが国の蘭学者が通訳の任にあたった。正式の外交交渉はおそらくフランス語などを介して行われたのであろうが、その際に話が宗教問題に及んだとき、ロシア側はデルジャーヴィンの詩『神』を提示したという。これは、十八－十九世紀ロシアの知識人としてはきわめて常識的な対応であったと言える。こうして、ロシア詩がはじめてわが国に紹介されたわけだが、キリスト教への厳しい姿勢を堅持していた幕府としては、こういった交渉の痕跡はすべて消去してしまって、今日ではその次第の詳細は知るべくもない。ただ伝えられるところによると、和訳『神』の一部を書き留めた扇子が残っている由だが、筆者はいまだ確認していない。

†プーシキンの小説『スペードの女王』において、モスクワからペテルブルグに出てきた賭博師チェカリンスキーが開いた賭場は、ネフスキー通り一七番地の建物ということになっている。ここから真北、宮殿広場に面したミリオンナヤ通りの入口あたりに現存する建物が、帝政時代はプレオブラジェンスキー連隊第一大隊の兵舎であった。小説の主人公ゲールマンは技術将校としてここに居住していたと思われ、仲間のナルーモフの部屋で、将

校たちの賭博の様子を眺めている小説の冒頭の情景となる。一方、チェカリンスキーの賭場の建物から真南に、小説の末尾で狂気のゲールマンが収容されたオブロフ病院の建物が建っている。つまり、この小説は、冒頭―賭博の場面―末尾が南北に一直線に配置されていることを知っておかねばならない。

さらに、ゲールマンが収容されたのは、オブロフ病院の一七号室であった。上記の南北の線を北に伸ばすと、ペトロパヴロフスカヤ要塞があり、数年前にプーシキンの友人たちのデカブリストが収容されていた。そして、その中の五人が処刑された。上記の南北の線を北に伸ばすと、五人のデカブリストたちの処刑場がある。つまり、ゲールマンが収容された病院、運命の賭場、ゲールマンの勤務地、デカブリストたちが監禁されていたペトロパヴロフスカヤ要塞、五人の処刑場、これらが南北に一直線上にあることを知ると、小説『スペードの女王』には、一八二六年に亡くなった五人のデカブリストたちとの連帯と追悼の意味が含まれているといった解釈があることを思い出すであろう。ちなみに、17は7番目の素数であり、アルファベトの7番目のGが対応する。

17＝＃7＝G＝Germann（ゲールマン）

笠間啓治（かさま けいじ）
1929年、金沢市生まれ。早稲田大学大学院文学研究科（露文学専攻）博士課程修了。文学博士、早稲田大学名誉教授、元日本プーシキン学会代表。瑞宝中綬章拝受。主な著書に『19世紀ロシア文学とフリーメイソン』（近代文芸社)、『散策のモスクワ』（ナウカ）がある。

ユーラシア文庫7
ロシア文学《ぶんがく》うら話《ばなし》
2017年1月27日　初版第1刷発行

著　者　笠間啓治

企画・編集　ユーラシア研究所

発行人　島田進矢
発行所　株式会社 群 像 社
神奈川県横浜市南区中里1-9-31 〒232-0063
電話／FAX 045-270-5889　郵便振替　00150-4-547777
ホームページ　http://gunzosha.com
Eメール info@gunzosha.com

印刷・製本　シナノ

カバーデザイン　寺尾眞紀

ISBN978-4-903619-73-6

「ユーラシア文庫」の刊行に寄せて

1989年1月、総合的なソ連研究を目的とした民間の研究所としてソビエト研究所が設立されました。当時、ソ連ではペレストロイカと呼ばれる改革が進行中で、日本でも日ソ関係の好転への期待を含め、その動向には大きな関心が寄せられました。しかし、ソ連の建て直しをめざしたペレストロイカは、その解体という結果をもたらすに至りました。

このような状況を受けて、1993年、ソビエト研究所はユーラシア研究所と改称しました。ユーラシア研究所は、主としてロシアをはじめ旧ソ連を構成していた諸国について、研究者の営みと市民とをつなぎながら、冷静でバランスのとれた認識を共有することを目的とした活動を行なっています。そのことこそが、この地域の人びととのあいだの相互理解と草の根の友好の土台をなすものと信じるからです。

このような志をもった研究所の活動の大きな柱のひとつが、2000年に刊行を開始した「ユーラシア・ブックレット」でした。政治・経済・社会・歴史から文化・芸術・スポーツなどにまで及ぶ幅広い分野にわたって、ユーラシア諸国についての信頼できる知識や情報をわかりやすく伝えることをモットーとした「ユーラシア・ブックレット」は、幸い多くの読者からの支持を受けながら、2015年に200号を迎えました。この間、新進の研究者や研究を職業とはしていない市民的書き手を発掘するという役割をもはたしてきました。

ユーラシア研究所は、ブックレットが200号に達したこの機会に、15年の歴史をひとまず閉じ、上記のような精神を受けつぎながら装いを新たにした「ユーラシア文庫」を刊行することにしました。この新シリーズが、ブックレットと同様、ユーラシア地域についての多面的で豊かな認識を日本社会に広める役割をはたすことができますよう、念じています。

ユーラシア研究所